徳間文庫

若殿八方破れ

岡山の闇《やみ》烏《がらす》

鈴木英治

徳間書店

目次

主な登場人物

真田俊介《さなだしゅんすけ》　信州松代《まつしろ》真田家跡取り。
真田信濃守幸貫《しなののかみゆきつら》　俊介の父。真田家当主。
大岡勘解由《おおおかかげゆ》　真田家国家老《くにがろう》。幸貫の側室《そくしつ》の父。
真田力之介《りきのすけ》　真田家次男。俊介の異母弟。勘解由の孫。
海原伝兵衛《かいばらでんべえ》　真田家家臣。俊介の世話役。
寺岡辰之助《てらおかたつのすけ》　真田家家臣。俊介の世話役。**似鳥幹之丞**《にとりみきのじょう》に殺される。
皆川仁八郎《みながわじんぱちろう》　俊介が修業する奥脇《おくわき》流道場の師範代。道場主は**東田圭之輔**《ひがしだけいのすけ》。
似鳥幹之丞　浪人。辰之助殺害後も俊介をつけ狙う最大の敵。
弥八《やはち》　真田忍びの末裔《まつえい》。
おきみ　病に臥せる母**おはま**の薬を求めに、俊介一行と同道する。
良美《よしみ》　有馬《ありま》家の姫。姉の**福美**《ふくみ》と俊介との間に縁談が進んでいる。
誠太郎《せいたろう》　真田家が借財している、廻船と酒問屋を営む稲垣屋《いながきや》の主。

第一章　矢坂山の鷲

一

塀は低く、忍び返しも設けられていない。

左右を見、路地に人けがないのを確かめた総四郎《そうしろう》は塀を乗り越え、音もなく庭に降り立った。足を進め、立木の陰に身を寄せる。

樹間の向こうにのぞいている低い雲に残光が照り映え、暮色が徐々に迫りつつある。十間《じっけん》ほど先に、こぢんまりとした離れが見えている。

風が渡って木々の枝がそよぎ、吹き寄せられた落ち葉が総四郎の足に絡みつく。

母屋《おもや》のほうから、だしのにおいが漂ってくる。空腹の総四郎はそそられたが、今はここを動く気はない。

待つほどもなく、母屋のほうから敷石を踏んで灯《あか》りが近づいてきた。提灯《ちょうちん》を手にしているのは女中で、その背後に一人の男がいる。

ふむ、刻限通りだな。

あまり見つめすぎないように気を配りつつ、総四郎は男を観察した。人というのは、眼差《まなざ》しに意外に敏《さと》くできているものだ。

男は三十半ばか。頬《ほお》がやや垂れているが、眉《まゆ》が太く、細い目に輝きが宿り、意志の強さを感じさせる。小柄だが、引き締まった体軀《たいく》をしていた。形《なり》は町人である。

女中の案内で、男が戸口から離れに入った。その後ろに女中が続き、離れに明かりがぽつんと灯《とも》る。茶でもいれていたらしく、女中はしばらく離れの中にいた。

「お連れさまは、じきいらっしゃると思います。お待ちくださいまし」

外に出た女中が男に向かって声をかけ、提灯を下げて母屋へと向かう。

女中の姿が見えなくなっても総四郎は立木の陰を動かず、離れに目を当てていた。

日は完全に暮れ、夜が厚みと重みを増してゆく。それとともに風が強まり、庭の木々がざわめきはじめた。黒々とした枝の影が足元で揺れる。時の経過とともに闇《やみ》は深まり、あたりは漆黒《しっこく》に包まれた。西の空に、頼りない三日月が浮かんでいる。

総四郎は石像と化したように、身じろぎ一つすることなくその場に立ち続けた。三日月が雲に隠れ、また姿をあらわすということを何度か繰り返した。その間、先ほどの男以外、離れへやってくる者はなかった。離れを見守っているような者もいない。

罠《わな》ではないようだな。

きびすを返した総四郎は外の気配をうかがってから、ひらりと塀を越え、路地に降り立った。足早に表通りへと出る。

風に揺れる暖簾《のれん》の前で足を止め、総四郎は頭上を見上げた。料亭長岡屋《ながおかや》と記された看板が掲げられている。首を振って、左右を見やった。通りは大勢の者が行きかっているが、自分に注目している者は一人もいない。

暖簾を払い、戸を横に滑らせて総四郎は土間に立った。

「いらっしゃいませ」

辞儀をして、足早に女中が寄ってくる。

「石渡《いしわたり》だ」

予約するとき適当に告げた姓を口にする。それを聞いて、女中がほっと笑顔になった。

「はい、お待ちしておりました。お連れさまは、もうお着きでございます」

総四郎が脱いだ雪駄《せった》を下足番が素早く拾い上げ、下足棚に持ってゆく。

「ご案内いたします」

女中の先導で総四郎は、料理のにおいとあたたかみが籠《こ》もった母屋内を進んだ。

庭につながるくぐり戸を出て、沓脱《くつぬぎ》で下駄を履き、敷石を踏んで離れに向かう。

「お連れさまがいらっしゃいました」

狭い戸口から、総四郎は離れに入った。正座していた男が威儀を正し、頭を下げる。

「お待たせした」

女中が出した座布団に、総四郎は座った。

「まずは酒を燗《かん》で頼む。料理はまかせるゆえ、適当に持ってきてくれ。茶はいらぬ」

穏やかな口調で総四郎が申しつけると、女中が、承知いたしました、と腰を折った。

「ただいまお持ちいたします」

一礼して女中が出てゆく。

女中の足音が遠ざかってゆくのを確かめてから、総四郎は名乗った。

「総四郎だ。吉井旭之介《よしいあさひのすけ》どのか。一人だな」

総四郎がきくと、男がすぐさまうなずいた。

「もちろんです。余人をまじえず、話をしにまいりましたから」

「それでよい」

満足して総四郎は顎《あご》を引いた。

「吉井旭之介というのは偽名か」

いきなりいうと、ごくりと唾《つば》を飲み、旭之介が総四郎を見つめる。

「どうしてそのようなことをおっしゃいます」

「偽名ではないかと思ったからだ」

「偽名ではまずいのですか。仕事を頼むことはできないのですか」

「なに、気にすることはない。偽名を使いたい気持ちはよくわかる」

それを聞いて、旭之介がほっと息をつく。

「お察しの通り、本名は別にあります」

「今は、本名はきかぬでおこう。それで吉井どの、俺に頼みたい仕事というのはなにかかな。もしや岡山絡みか」

えっ、と旭之介が目をみはる。

「そんなに驚くことでもなかろう。吉井旭之介。吉井川、旭川ともに備前《びぜん》を流れる大河であろう。おぬしの偽名から、岡山という地を推察するのは、さして難いことではない」

「しかし、その二つの川を知っている人は多くないでしょう。ましてやここ大坂では」

「正直にいおう。俺は岡山の出だ」

わずかに旭之介の腰が浮いた。

「そうなのですか」

「もともとの姓は浮田《うきた》という。いろいろあって、今はこのような商売をしている」

「宇喜多《うきた》さま……」

「その宇喜多ではない。浮くほうの浮田よ」

「ああ、そちらでしたか。岡山はどちらでございますか」

「それはよかろう」

「は、はい」

「俺の先祖は武家だった。俺は侍《さむらい》の形をしているだけだ。だが、刀を手にしたらなかなかのものだぞ。なまなかの者に後れは取らぬ」

「はい、ご評判はうかがっています」

そのとき敷石を踏む音が響いてきた。お待たせしました、と先ほどの女中が離れに入ってくる。ちろりと二つの杯、いくつかの小鉢がのった盆を持っている。

総四郎と旭之介に杯を持たせ、ちろりの酒を注《つ》ぐ。

「どうぞ、お召し上がりください」

「では、いただこう」

ぐいっ、と一息に干し、総四郎はふう、と息を吐いた。

杯を両手で持ち、旭之介は静かに酒を喫している。口をつけただけで、ほとんど飲んでいない。

総四郎に新たな酒を注いでから、お料理をお持ちいたします、と女中が出ていった。

少し酒をすすっただけで杯を盆に置き、総四郎は旭之介を見た。

「用件を聞こうか。誰を殺してほしい」

ずばりいうと、はい、と旭之介がうなずき、一瞬瞑目《めいもく》した。目を開け、あたりの気配に耳を澄ませる。

「大丈夫だ。誰もおらぬ」

「わかりました」

気持ちを落ち着けるように深く呼吸をしてから、旭之介が一気にいった。

「池田内蔵頭《いけだくらのかみ》を亡き者にしてほしいのです」

「池田内蔵頭というと、今の岡山城主のことだな」

「さようです」

なんでもないことのように、旭之介が首肯《しゅこう》してみせる。

さすがにそこまでの大物とは思っておらず、総四郎はひそかに息をのんだ。意表を突かれた気分だ。

「池田内蔵頭は、いま在国中だな」

冷静な声で確かめる。

「はい」

澄んだ目をした旭之介は、こっくりと首を動かした。

「なにゆえ岡山城主を殺さねばならぬ」

「理由をいわねばなりませんか」

「聞かせてくれ」

しばらくうつむいていたが、意を決したように旭之介が語りはじめた。

それほど長い話ではなかった。

聞き終えて、総四郎は首を縦に振った。

「話はよくわかった」

「では」

懇願するように畳に両手をついた旭之介の瞳に力がこもる。

「いや、まだ引き受けるとはいっておらぬ。報酬のことがある」

いわれて、旭之介が顔を引き締める。

「そうでしたね。おいくらでしょう」

「五百両」

託宣を告げるように、総四郎は厳《おごそ》かな口調で伝えた。

「わかりました。お支払いいたします」

顔色一つ変えず、旭之介が頭を下げた。

「岡山城主をこの世から消すとなれば、総四郎さまもいろいろと用意が必要でございましょう。相当の費えがかかることは、よくわかっております」

「うむ、その通りだ」

「殺す相手が相手ですから、総四郎さまのふだんの相場よりも、ずっと高くなることも予想しておりました」

ただの殺しならば、総四郎は三十両から五十両のあいだで引き受けている。

「支払いは為替手形か」

「さようにございます」

懐を探り、旭之介が袱紗包《ふくさづつ》みを取り出す。そこから一枚の紙を抜き出した。

「お確かめください」

差し出してきた紙を、うむ、とうなずいて総四郎は手にし、額面を改めた。金伍佰両《ごひゃくりょう》と確かに記されている。

「ご存じでしょうが、その為替手形があれば、どこでもお金に換えることができます。江戸であろうと、ここ大坂であろうと」

「岡山でもできるな」

「もちろんでございます」

「もらっておく」

為替手形をたたみ、総四郎は懐にそっとしまい込んだ。目を上げ、旭之介を見やる。

「仕事は引き受ける。岡山城主を殺すなど、実におもしろそうだ」

さすがに旭之介が安堵《あんど》の顔つきになる。再び畳に両手をそろえた。

「ありがとうございます」

「礼などいらぬ。このようなおもしろい仕事を持ってきてくれたおぬしにこそ、俺は感謝したい」

人殺しを生業《なりわい》としている以上、どのみち長生きできるとは思っていない。同じ仕事をするならば、大きなことをしたいと常々考えていた。だが、まさか一国の太守を殺すという仕事が舞い込むとは、一度たりとも考えたことはなかった。

必ず成し遂げてやる。

やる気が滝のように胸に注ぎ込まれ、今にもあふれ出しそうだ。

「いつ取りかかっていただけましょう」

「用意がととのい次第だな。そんなに時はかからぬ」

「ありがたいお言葉にございます」

額を畳にすりつけ、旭之介が礼を述べる。

「ところで吉井どの」

すぐさま平静な気持ちを取り戻して、総四郎はきいた。

「おぬしにつなぎを取りたいときは、どうすればよい」

「えっ、手前とつなぎを取るのですか」

「それはそうだ。ことがことゆえ、おぬしの力を借りる必要が出てくるかもしれぬ。ふむ、ついでに、本名を聞いておいたほうがよいな」

「さようですか。わかりました」

旭之介は、本名を才助《さいすけ》とのことだ。

「岡山城下の徳島屋《とくしまや》という旅籠《はたご》があります。そこにつなぎをいただければ、手前に知らせが届くように手はずをととのえておきます」

「徳島屋だな。承知した。もしかすると、そこに荷物を送らせてもらうかもしれぬ。かまわぬか」

「荷物でございますか。わかりました。そのことも申しつけておきます」

「よろしく頼む」

これで用は済んだとばかりに才助がそそくさと立ち上がった。

「もう帰るのか。ここの料理はうまいぞ」

「総四郎さまはゆっくりされてください。では、手前はこれにて失礼します」

丁寧に辞儀して才助が出ていった。

さすがに今から岡山に向かうことはないだろうが、明日の夜明け前、才助は大坂を旅立つにちがいない。

箸《はし》を手に取り、総四郎は小鉢の酢の物をつまんだ。口に持ってゆく。これは烏《い》賊《か》だろうが、歯応えの中に甘みがあってなかなかうまい。酒をすすった。今日は飲み過ぎてもかまわぬ、と総四郎は思った。

今日を最後に、しばらく酒とはお別れなのだ。

さて、とつぶやいて総四郎は目を閉じた。どうすれば池田内蔵頭を亡き者にできるか。

杯を酒で満たし、総四郎は思案を巡らせはじめた。

やはり我が師匠が生み出した技を使わない手はない。

――表具師幸吉《こうきち》。

この日の本の国で、初めて空を飛んだ男である。

二

誰かが泣いている。

いや、そうではない。

俺を呼んでいるようだ。

いったい誰が。

俊介《しゅんすけ》は耳を澄ませた。

この声は良美《よしみ》どのではないか。

顔を見たい。俊介は強烈に思った。目の前が真っ暗でなにも見えない。

いま俺は寝ているのか。下に敷いてあるのは布団だろう。

俊介は目を開けようとした。だが、まぶたが貼りついたかのように重い。びくともしないのだ。

こんなことは初めてで、さすがに俊介はまごついた。

それでも、なんとかまぶたに力を込め続けて目をぐいっと開けた。

だが、相変わらず真っ暗だ。部屋に灯りがついていないのではないか。きっと真夜中なのだろう。

「俊介さま」

間近で声が聞こえた。喜びにあふれているような声だ。

「――良美どの」

「俊介さま、お目が覚めましたか」

この暗さでよくわかるな、と俊介は驚き、感心した。

「ああ、覚めた」

「よかった」

感極まったようにいい、良美が涙ぐんだのがわかった。その横ですすり泣いているのは、勝江《かつえ》だろう。

どうして俺が目を覚ましたくらいで、二人は泣くのか。

「よかった、俊介さん、心配したぞ」

男の声が聞こえた。俊介は声のほうに顔を向けた。

「その声は弥八《やはち》だな。弥八、すまぬが、灯りをつけてくれぬか」

えっ、と弥八が戸惑ったような声を出す。不意に、部屋は場違いと思える静寂に包まれた。

「まさか俊介さま――」

悲痛な声を発し、良美が絶句する。

「どうした、良美どの」

わけがわからず、俊介は問うた。

「俊介さん、この部屋は明るいんだ」

弥八がなにをいっているのか、俊介は解せなかった。

「弥八、真っ暗だぞ」

口にした途端、弥八の言葉の意味に気づき、俊介は暗澹《あんたん》とした。

「もしや俺は目が見えぬのか」

どうしてこんなことになったのか。思い切り叫びたい。駄々っ子のように体をじたばたさせたい。

だが、そんなことをしたところでどうにもならない。落ち着け、落ち着くんだ。

今はとにかく冷静にならなければならぬ。

「弥八、ここは本当に明るいのか。灯りがいらぬほどに」

「今は昼過ぎだ。障子越しに光が射《さ》し込んできている」

気配が動き、弥八が顔を近づけたのがわかった。

「俊介さん、本当に俺が見えないのだな」

「ああ、見えぬ」

そうか、と弥八が静かに息を漏らした。俊介に聞こえないように気を遣ってため息をついたのだろうが、目が見えない分、耳が鋭くなっているようで、俊介にははっきりと伝わってきた。

「きっと治ります。俊介さまは見えるようになります」

力強くいう勝江の声が耳に届いた。

「勝江のいう通りです」

間髪《かんはつ》を容《い》れず良美が言葉を添える。

「俊介さまは、こうして生きていらっしゃるのです。必ず目も見えるようになります」

生きているか。良美どのは、なにゆえこのような大仰《おおぎょう》な物言いをするのだろう、と俊介は枕の上でいぶかった。むっ、とすぐに眉根を寄せた。

どうして俺は目が見えなくなったのか。なにかあったからに決まっている。いったいなにがこの身にあったというのか。命に関わることがあったとしか思えない。

だが、それがなんなのか俊介は思い出すことができない。

じれったくて、またも地団駄を踏みたいような気持ちになった。冷静になれ、と自らにいい聞かせる。それで気持ちがなんとか静まった。

目が見えないというのも、天が与えた試練にちがいあるまい。

今はとにかく、いいほうに考えるしかない。良美のにおいのする方向に俊介は顔を向けた。

「良美どの、俺は長いこと眠っていたのか」

「はい、三日のあいだ昏々《こんこん》と」

「三日も——。そうだったか」

その日にちの長さに、俊介は愕然《がくぜん》とせざるを得ない。一日も早く父幸貫《ゆきつら》のもとに戻らなければならないのに、いたずらに日を浪費してしまった。

病床の父上は、俺の帰りを待ち焦《こ》がれていらっしゃるだろう。

「俺はどうしてそんなに眠っていた」

「俊介さま、覚えがございませんか」

良美にいわれて、俊介は改めて考え込んだ。やはり、脳裏に引っかかるものがある。

俺はなにかを飲み、そして……。

「そういえば、なにかを吐いたような覚えがある」

「俊介さまは毒を飲まされたのです」

その良美の言葉で、情景がまざまざとよみがえってきた。

「思い出したぞ。伝兵衛《でんべえ》とおきみを三田尻湊《みたじりみなと》で見送ったその日の旅籠だ。夕餉《ゆうげ》の際、汁物を口にしたとき妙な味がすると思ったら、ひどく苦いものが喉元《のどもと》にせり上がってきた。毒を飼われたのだとすぐにわかったが、俺にはその後の記憶がまったくない」

「立ち上がろうとしたが、俊介さんは倒れて気を失ったからな」

「毒を飲んだのに、俺は生きているのか」

どこか不思議な気分だ。

「良美さんが俊介さんの口に手を入れて、胃の腑《ふ》のものをすべて吐かせたからだ。もし良美さんが咄嗟《とっさ》にそうしていなかったら、正直、俊介さんはいまこうして生きておらんだろう」

「良美どのが、そのようなことをしてくれたのか。かたじけない」

俺が一命を取り留めたのは、良美どののおかげなのだ。俊介の胸は感動に震えた。ありがたくて涙が出そうだ。

「俊介さまを助けたい一心で、無我夢中でした……」

「良美さんは命の恩人だ」

見えぬ目を向けて俊介はきっぱりといった。

「その通りだぞ、俊介さん。これからは良美さんに足を向けて寝られんぞ。――良美さんがしてくれたのは、それだけではない。毒消しの薬を俊介さんに飲ませたんだ」

「毒消しの薬……。良美どのはそのような薬を持ち歩いていたのか」

「はい、城厳寺《じょうげんじ》という飛驒《ひだ》のお薬です」

「山国飛驒の薬か。いかにも効きそうだな」

「効いたのはまちがいない。俊介さんを診てくれたお医者も、その薬の効き方に感心していた」

「城厳寺か。覚えておこう」

「もっとも、気を失っていたから当たり前のことだが、俊介さんは城厳寺をなかなか飲んでくれなくてな」

「どうやって飲ませた」

まさか良美どのの口移しということはあるまいな。

「俺が口をこじ開け、煎《せん》じて冷ました城厳寺をそろそろと注ぎ込んだんだ。においからしてひどく苦いのはわかったが、俊介さんはあっさりと飲んでくれた。もっとも、一切苦い顔をしなかったから、俺としてはそれが悲しくてならなかった」

弥八の気持ちはよくわかる。苦い薬を飲んで顔をしかめないということは、なにも感じていない証《あかし》だからだ。

「とにかく良美さんが城厳寺を持っていなかったら、俊介さんは死んでいたのではないかな」

「弥八、俺は小水もしたのだな」

気づいて俊介はきいた。

「うむ、もちろんだ。毒は小水として出るらしいからな。むろん俊介さんがしたのは小水だけではないぞ」

その言葉を聞いて、むう、と俊介はうならざるを得なかった。

「俊介さん、安心していいぞ。俺が俊介さんの下の世話をすべてしたんだ。良美さんや勝江さんにはなにも見られておらん」

俊介はまたもうなりかけた。

「弥八は俺のを見たのだな」

「そりゃ見たさ。見なければ世話ができんからな。生まれと育ちがよい割に、なかなか立派なものを持っているではないか。感心したぞ。あれなら、立派な跡継をもうけられよう」

気恥ずかしさで俊介は一杯になった。だが、今はそれどころではない。

「弥八、俺はいったい誰に毒を飼われたのだ」

「それがわからんのだ。どうせ、似鳥幹之丞《にとりみきのじょう》の息のかかった者の仕業《しわざ》だろうが」

似鳥か、と俊介は思った。確かにほかに考えられない。

「あの夕餉の際――」

弥八の言葉がいまいましげにとがる。

「おそらく、この部屋の天井裏に何者かがひそんでいたのだろう」

「天井裏から俺の汁椀《しるわん》を狙って、毒を注ぎ入れたのだな」

「手口はわからんが、俺は毒を吹き矢で入れたのではないかと思っている。迂闊《うかつ》なことに、そのような者が天井裏にひそんでいることに、俺はまったく気づかなかった」

悔しげな声音を弥八が出す。唇をぎゅっと嚙《か》み締めたのが知れた。

「伝兵衛さんに俊介さんを頼むといわれていたのに、その約束を守れなかった」

「守ったさ」

「守れておらん。俊介さんは毒を飲まされてしまったではないか」

「毒を飲まされたあとのことだ。弥八は俺のことを、ずっと警護してくれたのだろう」

「それはそうだ。もしここで寝ている俊介さんの命を取られたりしたら、俺は伝兵衛さんやおきみ坊に合わせる顔がない。侍でもないのに腹を切るしかない。腹を切りたくなくて、俺は必死に俊介さんを守った」

「ありがとう」

「礼をいうなら、俺ではなく、良美さんにいったほうがいい」

弥八とは反対のほうに顔を向け、俊介は良美のいる場所に目をやった。

「良美さんは、それこそ寝ずの看護をしたんだ。俊介さんがこうして生き返ったのも、良美さんのおかげといって過言ではない」

「そんな大袈裟《おおげさ》な」

良美が照れたような声を出す。

「大袈裟などではないさ。俺は良美さんの姿に心を打たれた。同時に、こんなに手厚い看護を受けられる俊介さんのことがうらやましいとも思った。これほどまで必死に看護してくれている良美さんのためにも、早く目を覚ませ、と俺は俊介さんの胸ぐらを揺さぶりたかった」

「私は俊介さまを、なんとしてもお助けしたいという一心でした。俊介さまはこんなところで亡くなるような人ではないのはわかっていましたから、必ず助かるとは確信していましたけど、こうして目を覚ましてくれて本当にうれしく思います」

語尾が震えた。顔を両手で覆い、良美は泣き出したようだ。勝江が良美の背中をさすっているらしい。

「俊介さんのために一所懸命だったのは良美さんだけではないぞ。勝江さんは毎夜お百度を踏んだのだ」

「まことか、勝江」

驚いて俊介はたずねた。

「この宿の庭にお稲荷《いなり》さまがあるのですが、そこで三夜だけですけど、行いました」

「裸足《はだし》のほうが願いに効き目があるということで、勝江さんは三夜とも裸足で通したんだ」

「勝江、足は大丈夫か」

俊介は気遣ってきいた。

「はい、なんともありません。私の足は皮がとても厚いようです。面《つら》の皮と同じです」

「——三人ともありがとう。俺が助かったのは、三人のおかげだ」

重い体をなんとか動かして、俊介は心の底から礼を述べた。できれば、額を畳にこすりつけたいくらいだが、今は体がいうことをきかない。

「俊介さん、俺に礼をいうのは、目が治ってからにしてくれ。俊介さんの汁椀に毒を入れられたのは、俺のしくじりだからな」

「弥八、終わったことを気に病むな。前を向けばいい」

「前は向いている。俺は似鳥と毒を飼った者を必ず捕らえ、二人とも八つ裂きにしてやるつもりだ」

「弥八」

俊介はやんわりとたしなめた。

「二人のおなごがいる前で、物騒な物言いはやめたほうがよかろう」

いいながら、目が見えなくなったことを、なんとか受け容れようとしている自分がいることに、俊介は気づいている。

「俊介さんのいう通りだな。良美さん、勝江さん、すまなかった」

「弥八さん、よいのです。私も同じ気持ちですから」

額のあたりが熱くなり、良美が俊介をじっと見ているのがわかった。やはり人というのは、眼差《まな》しを感じ取れるものなのだな、と俊介は思ったが、できることなら良美の顔を目の当たりにしたかった。それができないのが、つらく感じられる。

目が見えないことを受け容れたと思っていたが、人というのはそうはたやすく認められるものではないのだ。

「俊介さまは、物騒な物言いをする私がお嫌いですか」

良美が静かにきいてきた。

「そのようなことはない。むしろうれしいくらいだ」

どうやら良美は笑《え》んだようだ。その笑顔を目の当たりにできないことが、悔しくてならない。

「弥八さん、俊介さまの目を診《み》てもらうためにお医者を呼んだほうがいいのでしょうね」

良美がいい、うむ、と弥八が答えた。

「良美さんのいう通りだ。だが、果たしてこの宿場にいい目医者がいるかな」

「宿の者に聞いてみましょう」

「では、私が聞いてまいります」

衣擦《きぬず》れの音とともに立ち上がったのは勝江である。襖《ふすま》が滑る音がし、外に出ていったのが知れた。

「弥八、いま俺たちがいるのは徳山宿だな」

勝江が階段を降りる音を耳にしながら、俊介は確かめた。

「そうだ。俊介さんを動かすわけにはいかなかったからな」

「俺は、今は動けぬ。だが、明日には動けるようになっているぞ」

「無理はしないほうがよい」

「それはよくわかっているが、父上のことが気になる。俺の帰りを、待ちわびていらっしゃるのだ」

「そのことは俺も重々承知しているが、それでも無理は禁物だ」

そっと俊介の体を触り、弥八がいさめるようにいった。

階段を静かに上がってくる足音がした。襖が開き、失礼します、と勝江が入ってきた。良美の隣に正座したようだ。

「残念ながら、この宿場に目医者はいないとのことです。萩《はぎ》に一人、高名な方がいらっしゃるとのことですが」

「萩か」

目を閉じて、俊介はつぶやいた。またあの山道を戻ることになるのか。

勝江が言葉を続ける。

「山陽道においては、岡山にすばらしい名医がいらっしゃるそうです」

「岡山に、どのような名医がいらっしゃるのです」

勇んだように良美がきく。

「参啓《さんけい》さんというお医者だそうです。なんでも、多くのお医者がさじを投げた患者さんの目を、たちどころに治すことで名があるそうです。ただし、お金はすごくかかるようです」

「お金のことはなんとでもなります」

勢い込んで良美がいった。

「急いで岡山にまいりましょう。もちろん、俊介さまのお体次第ですが」

「俺はすぐにでも発てる」

「俊介さん――」

声に厳しさを宿して弥八が呼びかける。

「何度もいうが、無理は禁物なんだ。いくら良美さんの薬が効いたといっても、毒はまだ体に残っているのだ。俊介さんの目が見えないのは、そのせいにちがいあるまい。今は安静にしているから毒はおとなしくしているが、もし無理をして体が弱くなれば、再び暴れ出してもおかしくはない。もしそうなれば、俊介さんはあの世行きかもしれんのだ」

「弥八、よくわかった」

枕の上で俊介は深くうなずいた。

「無理は決してせぬ」

「わかってくれればよい」

「弥八、俺のことを診てくれた医者を呼んでくれるか。その医者の許しが出たら出立、ということでどうだ」

少し渋い顔をしたようだが、弥八がこくりと首を動かしたのがわかった。

「うむ、それならばよかろう。医者が来るのは、診療所での午後の診療が終わってからだ。あと一刻《いっとき》ばかりある」

一刻か、と俊介は思った。ちと長いな。

「俊介さん、それまで眠るがよい」

「うむ、そうしよう」

素直に応じたものの、これまでずっと眠り続けていたのだ、寝られるかどうか、俊介にはわからなかった。それに、やはり目が見えなくなったことが不安でならない。

「俊介さん、目を閉じたらどうだ」

弥八のいう通りにしたら、俊介はすぐに眠けを覚えた。これは、弥八がいうように毒が体内に残っているせいだろうか。体がまだまだ休みを欲しているということか。

こんど起きたときに、目が見えるようになっていたらどんなにうれしいだろう。良美どのも、と俊介は思った。それをいちばんに願ってくれているのではなかろうか。

三

なにゆえ俊介一行は、徳山宿に逗留《とうりゅう》したまま動かなくなったのか。

腕組みをして、似鳥幹之丞は井筒屋《いづつや》を眺めた。早めに投宿するらしい旅人たちが、やれやれというように、風に揺れる暖簾を払ってゆく。

ふむう、と幹之丞は口中でうめくような声を発した。

「誰かが病にかかったのか」

――それしか考えられぬ。それが俊介ということはないのか。

ここ三日ばかり、徳山宿で診療所を開いている医者が、井筒屋に出入りしているのだ。先ほど、その医者がまたも旅籠に入っていったばかりなのだ。

――話を聞くべきだな。

決意した幹之丞は陽射しを避けて、かたわらの路地に身を入れた。

遊びに夢中の何人かの男の子が、目の前を通り過ぎてゆく。一人が幹之丞に気づき、足を止めてしげしげと見る。があっ、と幹之丞が犬が吠《ほ》えつくような仕草をしたら、あわてて逃げていった。

ふん、と幹之丞は鼻を鳴らした。子供は嫌いだ。

四半刻ほどで医者が外に出てきた。手ぬぐいで坊主頭を拭《ふ》き、道を歩きはじめる。

「扇拓《せんたく》どの」

路地を出た幹之丞は医者の背後にそっと近づき、声をかけた。びくりとして、扇拓が振り向いた。幹之丞を見て、小さく首をひねる。

「なにかな」

「ちょっと話を聞きたいのだが」

「話というと」

足を止めることなく扇拓がきく。

「ちとそこの茶店に入ろうではないか」

指を差して幹之丞はいざなったが、扇拓は露骨に警戒の色を浮かべた。

「話なら、茶店に入らずともできるだろう」

いかにも不機嫌そうな顔をしている。

「扇拓どの、井筒屋に毎日行っているな。それは、あの旅籠に病人がいるからだな」

黙りこくり、扇拓は答えない。ひたすら診療所に向かって足を進めている。

「話を聞くのに、むろんただとはいわぬぞ」

足に重しがのったかのように、扇拓がぴたりと立ち止まった。

懐から一枚の小判を取り出し、幹之丞はちらつかせた。

陽射しを受けて輝く小判を見つめて、扇拓がにやりとする。品のない顔としかいいようがなく、そのあまりの変わりように幹之丞は驚き、あきれた。

「なんだ、先にそれを見せてくれたらよかったのに」

医者というのは、と幹之丞は扇拓の顔を見つめて思った。この手の輩《やから》が実に多い。金目当てに医者になったとしか思えない。医は仁術という言葉が心に残ったことなど、一度たりともないだろう。

だが、それはむしろありがたいことではないか。そのおかげで、たやすく口を開かせられるのだから。

道を戻って茶店の縁台に扇拓を座らせた幹之丞は、茶と饅頭《まんじゅう》を注文した。

「早くくれぬか」

尻をそわそわさせた扇拓が、ささやき声で催促する。よかろう、と首を縦に振って幹之丞は小判を渡した。

余人から見えないように両手で包み込み、しげしげと見つめてから、扇拓がうれしげに十徳《じっとく》の袂《たもと》に落とし込んだ。

「それで話というのはなんだったかな」

「井筒屋にここ何日か行っているな。それは病人が出たからか」

「そうだ」

「病人は誰だ」

わずかに扇拓がいいよどんだ。

「いわぬのなら、金を返せ」

声に凄《すご》みを利《き》かせて幹之丞はいった。あわてたように扇拓が手を振る。

「誰もいわんなどといっておらんだろう」

「早く言え」

「わかった。俊介どのという若い侍だ」

やはりな。

「俊介は病にかかったのか」

「病ではない。どうやら毒を盛られたようだ」

「なんだと」

思いもかけない言葉で、幹之丞は我知らずうなり声を上げていた。腰が浮きそうになっている。

扇拓が、幹之丞の顔色をうかがう目つきをしている。目の前の男が毒を盛ったのではないか、と疑っているようだ。

「俊介は生きているのだな」

「生きておる。汁物に毒が入っていたようだが、すぐにその毒を吐き出したのと、城厳寺という毒消しの薬が実によく効いたのだ。それでも、死んでもなんらおかしくはなかったが、体が強いのだな。よく鍛えていたのが、よかったのであろう。そのために毒に打ち勝てたということだ」

俊介がくたばらなかったのは残念な気もするが、幹之丞の中には、こんなところであっさりと死なれても困る、という思いもあった。毒で死なれては、これまで何人もの腕利きの刺客が倒れていったのは、いったいなんのためだったのか、ということになる。

そういえば、と幹之丞は思い出した。前に鉄砲で俊介を狙った者がいたが、あれは誰かの依頼によって俊介を撃ち殺そうとしたのだろう。それと同じ者が、今度は何者かに毒を飼わせたということか。

「誰が毒を盛ったのか、わかっているのか」

息を入れ直して幹之丞はきいた。

「わかっておらんだろう。井筒屋から知らせを受けた宿場役人が調べに当たったようだが、なにもつかめていないはずだ。今も調べは進めておるだろうが、下手人を捕らえるなど、夢物語だろうな。なにしろ――」

幹之丞は黙って続きを待った。

「宿場役人はもともとやる気がないし、その上に無能だ。平和な町で犯罪など滅多に起こらんが、宿場役人が下手人を捕らえたなど、ついぞ耳にしたことがない」

そうか、と幹之丞はいった。俊介たちは、毒を盛ったのは似鳥幹之丞の命によるものだ、と断じているはずだ。濡衣《ぬれぎぬ》だが、わざわざ俺ではないといいに行くわけにもいかない。

「俊介の具合はどうだ」

「今までずっと昏睡《こんすい》していたが、今日、目が覚めた」

「ほう、目覚めたか。では、じきに出立か」

「明日、この宿場を出るだろう」

「明日か」

「だが、俊介どのたちの足取りは遅いものになろうな」

「毒を飲まされた直後では、無理はできぬからな」

「それもあるが、俊介どのは目が見えなくなっておるのだ」

「なに、まことか」

顔をぐいっと突き出し、幹之丞は目を大きく見開いた。

「まことよ。毒のせいだ」

「見えるようになるのか」

さてな、と扇拓がかぶりを振る。

「わしにはどうすることもできん。だが、岡山城下にすばらしい目医者がおる。参啓という者だ。俊介どのたちが明日、この宿場をたつのは、その参啓どのに診てもらうためらしいな」

岡山に向かうのか。目が見えないのなら、殺すのに、これ以上の機会はないのではないか。いっそ、この宿場で殺してしまうか。旅籠を出たところを一気に襲うのだ。

まだ待つほうがよいか。それでは、あまりに弱気に過ぎるだろうか。

いや、ここは待つべきだ。弥八が命を捨てて俊介を守るつもりでいるだろう。死を覚悟した者を相手にはしたくない。

それに、また国元から新たな刺客が送り込まれてくる。その者に俊介を狙わせて、こちらは高みの見物でもよい。

目が見えないのなら、俺がやらずとも、その刺客で十分ではないか。

茶を飲み、幹之丞はすっくと立ち上がった。

「扇拓どの、ではな」

「もうよいのか」

「ああ。今日、俺と会ったことは俊介たちには内密にしてくれ」

正直、俊介たちは幹之丞が命を狙っていることはもうわかっているはずだ。ここで口止めせずともよいのだが、できれば医者から俊介の目が見えなくなった話を幹之丞が聞いたことを、俊介たちに知らせたくない。

「わかっている」

「もし約束を守らなかったら、俺はおぬしを殺す」

びくりとして扇拓が幹之丞を見上げる。目がおびえていた。

「わ、わかった。決していわぬ」

「それでよい」

勘定を払い、幹之丞は茶店を出た。

すでに暮れかけ、夜が地上の支配に乗り出している。今日は宿を取らず、このまま夜通し山陽道を東に向かうつもりでいる。なぜか幹之丞はそうしたい気分だった。


夕日を浴び、白亜の城が美しく輝いている。

福山城は威容というものを感じさせた。さすがに、譜代の阿部《あべ》家十万石の居城だけのことはある。

九州に向かう往《い》きにも福山の町は通ったが、今日のほうが潮の香りが強いようだ。満ち潮なのだろうか。

周防《すおう》の徳山宿を出て、すでに四日が過ぎている。徳山からここ福山まで、四十

五、六里か。途中、山陽道を外れて尾道《おのみち》に行き、そこから尾道道を通って福山まで来たのだ。福山まで来てしまえば、岡山のある備前までは大した距離ではない。このくらいでへばっていては、ものの役に立つまい。

徳山宿から毎日十里ほどを歩いてここまで来たが、幹之丞に疲れはない。

さて、来ているだろうか。

福山城下の本通りと呼ばれる繁華街に行き、幹之丞は玉野屋《たまのや》という旅籠の前に立った。

「お泊まりでございますか」

番頭らしい男がもみ手をして寄ってきた。

「そうだ。一つききたいが、純源《じゅんげん》という僧侶は来ておるか」

「はい、純源さまでしたら、昨日お着きになりました」

「そうか、昨日な」

「お知り合いでございますか」

「うむ、そうだ。同じ部屋にしてくれ」

「は、はい。あの、お名をうかがってもよろしいですか」

「純源は俺が来ることを、知らせておらぬのか」

ふん、と小さく笑って幹之丞は名乗った。

「似鳥さまでございますね」

「番頭、案じずともよい。純源も首を長くして、俺の来着を待っているはずだ」

「承知いたしました」

幹之丞は二階の奥まった部屋に通された。

「お連れさまがお着きでございます」

幹之丞はからりと襖を開けた。失礼する、といって坊主頭の男の向かいに座った。番頭が差し出す宿帳に姓名と住所を書いた。住所はむろん、適当なものだ。

ありがとうございます、と番頭が頭を下げる。

「お食事はどうされますか」

「すぐにできるか」

幹之丞は腹が減っている。

「は、はい、四半刻ほどでご用意できると思います」

「ならば、頼む」

「承知いたしました」

一礼して番頭が引き下がってゆく。

襖が閉まったのを見届けてから、幹之丞は純源に目を移した。

純源は二十三、四歳というところか。僧侶らしく頭は丸めているが、すでに髪が伸びはじめており、無精ひげで顔が覆われつつあった。日焼けして目がぎらぎらしており、表情に精悍《せいかん》さが宿っている。棒の遣い手というのも納得できた。

「似鳥幹之丞だ」

わずかに身を乗り出し、純源が幹之丞を見つめる。

「若殿は今どこだ」

「四日前には徳山宿にいた」

「それはどこだ」

「周防国だ」

「知らんな。若殿はいつこっちに来る」

「じきだろう。だが、この旅籠で俊介が来るのを待つわけにはいかん」

「なにゆえだ」

「福山は山陽道の宿場でないからだ」

「ならば、福山の北に位置する神辺《かんなべ》宿で待つのか。ここから北に一里ばかりだ」

「いや、岡山で待つ。俊介は岡山にやってくるからだ」

「わかった。明日、岡山に移るのだな」

「そうだ」

「なぜ若殿は周防くんだりでぐずぐずしているのだ」

そのわけを幹之丞は説明した。

「毒にやられて目が見えぬだと」

唇をゆがめた純源が、信じられぬという顔をする。

「そんな者を殺すのか。だったら、なにも俺でなくともよさそうなものだ」

「では、おぬし、やめるか」

「いや、やる」

鋭い口調でいって、純源が背筋を伸ばした。

「やらせてくれ。目が見えぬのなら、千載一遇の好機といってよかろう。俺は手立てを選んではおられぬのだ。今の境遇を抜け出さねばならぬからな」

興味を惹《ひ》かれ、幹之丞は純源を凝視した。

「どんな境遇だ」

「聞きたいのか」

「是非とも聞かせてくれ」

「俺の身の上など、つまらんぞ」

「つまらんかどうかは俺が決める」

「物好きな男だ」

舌を湿らせ、少し苦い顔をして純源が語りはじめた。

父親は信州松代真田《まつしろさなだ》家の家臣で、御納戸役《おなんどやく》をつとめている。禄高《ろくだか》は六十石《こく》、役料を二十石いただいていたが、兄弟が全部で六人もおり、さすがに食べてゆくのはつらかった。五男の純源はいま二十四だが、幼い頃に口減らしのために寺に入れられ、そこで育ったようなものだという。

「寺では、いじめがひどくてな。俺は体が小さいこともあって、兄弟子たちの的にされた。いじめられ続けたが、なんとか見返してやろうと思い、必死に棒の稽古をした。寺では棒術を教えてくれたのでな」

「それで若殿殺しを命じられるくらいの腕になったのだから、素質があったのだな」

「素質もあったのかもしれぬが、やはり仕返ししてやりたいという気持ちが、上達の早道となったのはまちがいない。なんとしても、兄弟子どもをのしてやりたかった」

「仕返しできたのか」

「もちろんだ。御家老から話があって寺を離れるとき、兄弟子の五人を棒で叩きのめしてきた。殺しはしなかったが、足腰が立たぬようにしてやった。胸がすっとした」

それだけのことをしなければ、気持ちが晴れなかったのだ。いかに寺暮らしがつらく、きつかったか、純源の心情が幹之丞に伝わってきた。

「それで、家老からはなんといわれている」

鈍く光る目で、純源が幹之丞を見る。

「若殿を殺せば、一家を立てさせてやるといわれた。そのためなら、俺はなんでもするぞ」

「若殿を殺すのにためらいはないのか」

「ない」

純源が一顧《いっこ》だにすることなく断ずる。

「若殿など、俺にはまったく関係ない。若殿が俺を寺から出してくれたか。俺を出してくれたのは、御家老だ。若殿を殺すことで道が開けるなら、俺にとってはそれが正義だ」

「頼もしいな。俊介が盲目になったといっても、いま警護している弥八という男はなかなか手強いぞ」

「誰が立ちはだかろうと、必ず殺してやる。俺の出世の邪魔はさせぬ」

そうだったのか、と幹之丞は思った。この男は一家を立てることだけでなく、出世までもくろんでいるのだ。

考えてみれば、国家老の命で俊介を殺したとなれば、それだけで強請《ゆすり》の種をつかんだようなものではないか。逆に家老の側では口封じを考えるかもしれないが、こういう男はそのまま重用したほうが、必死に働くかもしれない。

階段を上がってくる音がした。

「食事ができたようだぞ」

「うむ、楽しみだ」

心の底からうれしそうに、純源が顔をほころばせる。寺ではよほどまずいものを食べてきたのだろう。

四

滔々《とうとう》と流れている。

それを見て、総四郎は胸が一杯になった。このまま、旭川に飛び込みたいくらいだ。

山陽道を西に向かって歩き続けてきた総四郎は、目の前に架かる橋の手前で両手を広げ、大気を深く吸い込んだ。

甘い。

久しぶりの故郷は、この俺を歓迎してくれているのだろう。

岡山の地を踏むのは何年ぶりか。もう二十年にはなるだろう。

見渡してみても、山河の様子に変わりはない。最後に見たときと同じ表情をしている。

涙の一つも出るかと思ったが、じわりともにじみ出てこない。

思ったほどの感動もないのか、と幾分かの寂しさを感じつつ総四郎は橋を渡りはじめた。

山陽道のために、旭川に渡されている橋は三つある。いま総四郎が橋板を踏み締めているのは小橋《こばし》といい、次が中橋《なかばし》、最後が京橋《きょうばし》である。

この三つの橋は二つの中州をつなぎ、旭川の東岸と西岸を一本に結んでいる。

京橋の半ばにかかったところで足を止め、総四郎は北側を眺めやった。

よく晴れた空に輝く太陽はだいぶ傾いてはいるものの、天の舞台をまだ降りそうにない。烏城《うじょう》と呼ばれる所以《ゆえん》となっている岡山城の黒い天守が、くっきりと青空に映えている。

天守は、よく肥えた黒い犬がお座りをしているような形をしていると、総四郎は幼い頃から思っている。

あの城に池田内蔵頭がいる。

欄干を握って身を乗り出し、総四郎は目を凝らした。

どうやって太守を殺すか、すでに総四郎の中で策はまとまっている。必ずやれる。成功させてみせる。

胸のうちで深くうなずいた総四郎は、師匠の表具師幸吉の顔を思い浮かべた。今も遠州見附《えんしゅうみつけ》の町で元気にしている。八十も半ばを過ぎているが、まだまだくたばりそうにない。

会いたいな、と総四郎は思った。俺がこんな商売に入ったことを師匠は知らない。

一年ほど前に顔を見に見附へ行ったのが最後で、そのときは遠くから幸吉の様子を眺めただけだ。むろん、会話など交わしていない。

師匠の幸吉は今から五十五年ばかり前、鳩《はと》のような形をしたからくりを紙と木、紐《ひも》で作り上げ、夏祭りの夜、この京橋から飛んでみせたのだ。

ほんの二十間ばかりを飛んで河原に墜落したらしいが、人も空を飛べるということを、ものの見事に示したのである。

幸吉の助言を受けて総四郎が工夫したからくりは、五十五年前のものよりはるかに高く長く飛べるようになっている。

——きっと太守を仕留めてみせる。

ぎゅっと唇を噛み締めた総四郎は、再び歩き出した。

岡山城下にある上之町《かみのちょう》という繁華な町の中ほどまで来たところで立ち止まり、眼前の建物を見上げる。徳島屋と看板が出ている。

強い風にはためく暖簾をひょいとくぐり、総四郎は土間に入り込んだ。

番頭らしい男がすぐさま寄ってきた。

「ようこそ、いらっしゃいませ。お泊まりでございますか」

「そうではない。吉井旭之介どのにつなぎを取りたいのだが」

それを聞いて番頭がはっとする。わずかに顔がこわばった。

「は、はい。承っております。吉井さまを今からお呼びなさいますか」

「いや、その必要はない。つなぎがすぐに取れることがわかればよいのだ。——俺の荷物は届いているか」

「あの、もしや総四郎さまでいらっしゃいますか」

「うむ、俺が総四郎だ」

「はい、大切に保管させていただいております」

「どこにある」

「あの、お疑いするわけではございませんが、なにか証になるようなものはございますか」

「これでよいか」

懐から通行手形を取り出し、総四郎は番頭に手渡した。受け取った番頭が、しげしげと見る。

「確かに」

丁寧にたたんで総四郎に返してきた。総四郎は懐にしまい入れた。

「では総四郎さま、ご案内いたします」

土間は台所につながっており、裏庭に抜けていた。三つの竈《かまど》が据えられた台所では、大勢の奉公人が額に汗して夕餉の支度にいそしんでいた。

煮物のにおいが総四郎の鼻孔に入り込んでくる。今にも腹が鳴りそうだ。

木々が整然と植えられた庭の右手に、こぢんまりとした蔵があった。

「総四郎さまのお荷物は、こちらにしまってあります」

腰帯に挟んである鍵を使い、番頭が手早く解錠した。がちゃがちゃといわせて錠を抜き取り、がっちりとしていかにも重そうな扉を横に動かす。石臼《いしうす》のような音を発して、扉が開いてゆく。

「どうぞ、お入りください」

うなずいて総四郎はひんやりとした蔵の中に足を踏み入れた。

大きな布に包まれたいくつかの荷物が、総四郎の前にあらわれた。目で数えてみたが、ちゃんとそろっているようだ。

「それにしても、実に大きな荷物でございますね。なにが入っているのでございますか」

目を輝かせて番頭がきく。いちばん大きな物で長さが三間近くもある。それが二つに、ほかにもいくつかの荷物がある。

「気になるか」

「はい、それはもう」

これで空を飛ぶのだ、といっても番頭は信じないだろう。いや、どうだろうか。

表具師幸吉は、ここ岡山においてつとに有名な男である。

五十五年前、幸吉が空を飛んでみせたとき、城下は大騒ぎになったそうだ。歳《とし》からして、目の前の番頭は幸吉が飛んだ姿を目の当たりにしているはずがないが、親から当時の話は聞いているかもしれない。

これは空を飛ぶためのからくりだ、と口にしたい衝動に駆られたが、腹に力を込めて総四郎はそれを抑え込んだ。

「荷車を貸してくれるか」

平静な声で番頭に頼み込む。

「承知いたしました。こちらの品々を積まれるのですね」

「そうだ。手伝ってくれるか」

「お安い御用でございます」

番頭の呼びかけで他の奉公人も集まり、蔵の前に引っ張ってこられた荷車に、次々と総四郎の荷物が載せられてゆく。

番頭から縄をもらった総四郎は、荷物が落ちないように自らの手で、くくりつけた。

「これでよし」

にっこりと笑って、総四郎は番頭たちを見つめた。

「助かったぞ」

「総四郎さま、これからどちらに行かれるのでございますか」

「近場だ」

「さようにございますか。あの、今日のお泊まりはどうなさるのですか」

「まだ決めておらぬ。帰りは夜遅くになるだろうからな。適当に宿は取るつもりだ。——ああ、そうだ。こいつに水をくれぬか」

腰から竹筒を外し、総四郎は番頭に見せた。

「手前が汲《く》んでまいりましょう」

庭の井戸に小走りに向かった番頭が、竹筒を一杯にする。

かたじけない、と受け取った竹筒を再び腰に下げ、総四郎は右手を挙げた。

「では、これでな」

梶棒《かじぼう》に両手を当てた総四郎は、力を込めて荷車を引きはじめた。

真っ暗な山容を見上げる。

小さな山のはずだが、かなり奥深い。山頂は四十五丈ばかりの高さがあると聞いているが、夜ということもあるのか、もっと高いように感じられる。黒々とした山の影がのしかかってくるようで、どことなく不気味な感がある。どこかで侘《わび》しげに梟《ふくろう》が鳴いている。

岡山城下から荷車を一里ほども引っ張って、総四郎はここまで来た。

さすがに息が荒い。荷車に載せているからくりは帆布と木、竹でできているが、そこそこの重みはあるのだ。

しっかりとしたつくりがなされていなければ、風にあおられたとき、骨組みの木や竹が折れたり、骨組みに沿って貼り合わせた帆布がはがれたりしてしまう。

――よし、行くか。

呼吸が落ち着いたのを待って、総四郎は梶棒の端っこに提灯をぶら下げ、再び荷車を引きはじめた。

狭くて暗い坂道は、傾斜がきつい。すぐに息が切れはじめた。ふうふうと自らの息を聞きながら、総四郎は山を登ってゆく。前途を阻む倒木があればどかし、藪《やぶ》が立ちはだかればそれを払いのけて進んだ。

この山は矢坂山《やさかやま》といい、岡山城下から見て戌亥《いぬい》の方角に位置している。

ここには戦国の昔、富山《とみやま》城という山城があった。幾多の戦火に見舞われ、城主が討ち死するという激しい戦いも行われたらしいが、関ヶ原の合戦後、岡山城のあるじになった小早川秀秋《こばやかわひであき》によって廃城となった。

岡山城にある石山門は、この城の大手門が移築されたという話を総四郎は聞いたことがある。

じき梅雨に入ろうという時季で、かなり蒸し暑さがある。汗をとめどもなく流しつつ山道を登り、総四郎は目当ての場所までやってきた。

——着いた。

だが息も絶え絶えだ。しばらく両手を膝《ひざ》に当てたまま、顔を上げられなかった。ようやく息が少しずつ元に戻り出し、総四郎は竹筒の水を飲んだ。少し塩気が感じられる水なのは仕方ない。

喉が潤うと、闇の中とはいえ、あたりの景色がようやく見えてきた。

目の前に広くて平らな岩がある。広さは優に三十畳ばかりもあるだろうか。

ここは、魚見台《うおみだい》という名がついている場所である。昔は、この場に人が立ち、魚の群れを探したそうだ。ここから一望できる岡山城下のほとんどは、戦国の昔の頃は瀬戸の穴海と呼ばれる、魚が豊かに捕れた海だったのだ。

瀬戸の穴海の干拓は、戦国の宇喜多家の時代からはじまり、岡山のあるじが池田家に変わった今も変わらずに進められているようだ。

海だった場所が陸地に変わってゆく。米が穫れるようになるのは喜ばしいことだろうが、海の恵みで生計を立てていた漁師にとっては迷惑この上ない話なのではなかろうか。金銭での償いなど、しっかりなされているのだろうか。

幼い頃、ここにはよく登ってきたものだ。魚見台から見る岡山城下が好きだった。

いま岡山城下は闇に沈んでいるが、ぽつりぽつりといくつかの灯りが瞬《またた》いているのは、常夜灯だろう。

魚見台の真ん中に立ち、総四郎は岡山城の方向に目を向けた。烏城と呼ばれるだけに闇に紛れた天守は見極められないが、城がどこにあるかは、つかめる。風はあまりないが、空を飛ぶのに十分すぎるだけのものが吹いているのは感じ取れる。

荷車から荷物を下ろし、総四郎はくるんである布を次々に外していった。

骨組みとなる竹がいくつも出てきた。白い布が闇の中にぼんや
る。それらを手際よく組み立て、紐と木のねじできっちりと止めてゆく。

四半刻ばかりで手を止め、総四郎は腰を伸ばして立ち上がった。

よし、できた。

さすがに大きい。翼の長さだけで六間近くもあるのだ。鳩の尾っぽに当たる尾翼もついており、舵《かじ》を取る工夫もなされている。

鳩のように自由自在に大空を飛び回るわけにはいかないが、総四郎が作り上げたからくりは、空中で方向をいかようにも変えられる。

胴体に当たる部分には、人が一人おさまるだけの空間があり、やや太い二本の竹が翼から縦につけられ、それを両手でつかんで飛行しているときに落ちないようされている。その二本の竹が下に伸びるにしたがい、斜めに交差するように角度がつけられ、飛行中に足を置ける横木がそこにしっかりくくりつけられている。

さっそく総四郎はからくりの下に入り込み、翼を両手で持ち上げた。重いが、このくらいあったほうが頑丈さがちがい、軽いものよりずっと信頼できる。

舵は頭上に二本ついている。木製の取っ手で、長さは半尺ほどだ。右についていて

いるのを引けばからくりは右に曲がり、左を動かせば左に向かうようにできている。

二本とも引いてみたが、舵は正常な動きをしてみせた。これなら大丈夫だろう。翼を覆う布も検《あらた》めてみたが、どこにも穴は開いていない。これには、船の帆に使われる帆布を用いている。強度があって、翼に使うにはもってこいのものだ。

よし、行くか。

心の中で告げ、少し息を吸ってから総四郎は魚見台の岩を蹴り、駆けはじめた。岩は下に向かってやや傾斜がついている。

勢いがつくと、耳元で、ざあ、と大気が鳴り出した。同時に、からくりの翼が風を受けて、ごう、という音が響きはじめる。前へ走っているのにもかかわらず、後ろに引っ張られるような感じを総四郎は味わった。

四間も走らないうちに岩が切れ、真っ逆さまに転がり落ちるのではないか、という恐怖を感じたが、その次の瞬間、体はふわりと浮いた。

やったぞ。

激しい風音とともに一気に速度が上がり、振り返ると、矢坂山があっという間に後方に離れてゆく。山の近くを吹く風にうまく乗ったようで、ずいぶん高いところを飛んでいる。矢坂山の頂とほぼ同じ高さに総四郎はいることに、驚きと感動を覚えた。

なんて気持ちがよいのだ。

これで昼間だったらすばらしい景色で最高の気分にひたれるのだろうが、明るいうちに飛んで人の目に触れるわけにはいかない。下手に騒ぎになって、町奉行所に捕らえられるわけにはいかないのだ。

五十五年前、師匠の幸吉が旭川の河原に墜落したことで城下は大騒ぎになり、幸吉は町奉行所の手の者に捕まった。大勢の者を驚かしたことで、死罪すら考えられる状況になったらしいが、結局、幸吉は岡山を追放され、遠く駿府《すんぷ》に居を構えることになった。

駿府か、なつかしいな。

岡山に似て温暖で、物なりのよい土地だ。

右手を伸ばして舵を動かし、総四郎は左に方向を変えた。

さらに風を受けて、からくりの速さが増してゆく。いったいどのぐらいの速さが出ているのか。鳩並みとまではいかないが、少なくとも鳶《とんび》よりも速いのではないか。

このまま行くと、岡山城に到達することに総四郎は気づいた。今はそこまで行く気はなく、左側の舵をぐいっと引いた。

ざざざ、と音を立てて、からくりがゆっくりと旋回する。眼下にうっすらと見える景色がちがってくる。

ふむ、すごいな。

我ながらこれだけのものを作り上げたことに感心するが、表具師幸吉という者がこの世にいなかったら、自分が今こうして空を飛んでいることは決してない。少しだけ舵を右に切って方向をやや調整しながら、総四郎は師匠の偉大さを改めて噛み締めた。

――さて、戻るか。

今日はこのくらいにしておけばよい。もっと乗っていたい気持ちを抑え込み、総四郎は二つの舵を同時に引いた。こうすると、上に上がれるように尾翼が動く工夫がされている。

今日はからくりがちゃんと動いて飛べるかどうか、確かめるためのものだ。十分に満足する結果を得られた。

総四郎は再び矢坂山を目指した。そして、また魚見台に降りなければならない。それがすべて無事に行えれば、今日の飛行は合格といえよう。

五

徳山宿の井筒屋を出るときには、歩くといい張ったのだが、弥八も良美も許してくれなかった。馬に乗るべきだ、と二人とも口をそろえたのである。勝江も俊介の味方になってくれなかった。

馬で行くのなら道中が楽になるのは俊介もわかっていたが、転がり落ちるのではないか、という不安があった。

だが、いくら目が見えないといっても、馬に乗ることには幼い頃から慣れており、その上山陽道などの街道を往き来する馬は優しく、いきなり竿立《さおだ》ちになったり、駆け出したりするものは一頭もいなかった。

今日で馬に乗るのは六日目になるが、不安はもう一切ない。ただ、いつ似鳥幹之丞が襲ってくるか、そのことは気になっていた。あの抜け目のない男が、こちらが目が見えなくなっていることを知らぬはずがない。これを絶好機と見て、襲撃してくることは考えられないではない。

それに馬上にいては、鉄砲の標的にもなりやすい。矢も同じことだ。そのことを案じ、弥八も気を張って俊介の警戒に当たってくれていた。

それでも、いつまでも緊張を続けていられるはずはなく、しかも馬の背に揺られているのはむしろ気持ちがよく、のんびりとした蹄《ひづめ》の音も子守歌のように感じられ、俊介はこれまで馬上で何度も居眠りをした。

はっとして目を覚まし、ああ、やっぱり見えるようにはなっておらぬな、と落胆することをしばしば繰り返した。

今は岡山で、参啓という医者に診てもらうしか手がない。果たして参啓が治してくれるのか。もし参啓にお手上げといわれたら、と思うと、暗然たる感情がわき上がり、またも叫び出したくなってくる。

俺は一生このままだろうか。

いや、良美も必ず治るといってくれている。治るに決まっているのだ。毒が消えてしまえばきっとまた見えるようになる。

今はとにかく、岡山を目指すことだけを考えていればよい。余計なことは頭から締め出すのだ。

「弥八、まだ岡山には着かぬのか」

できるだけ冷静に俊介は問うた。

「もうじきですよ」

馬子のじいさんが穏やかに答えた。煙管《キセル》をふかしているようで、煙草《たばこ》のにおいが鼻先にまとわりつく。

「喜兵衛《きへえ》さん、もうじきというと、どのくらいだ」

これは弥八がきいた。俊介の横を警護するように歩いている。

「そうですね、あと半里ほどですよ」

半里なら四半刻ほどで着く。

「弥八、もう暗くなりつつあるのではないか」

俊介は馬上から声をかけた。

「俊介さん、そういうことがわかるのか」

「うむ、日が暮れてくると、なにか風のにおいが変わってくるというのか、草や木の香りがずいぶんと強くなってくるのだ」

目が見えていたときもその手のことには敏いほうだったが、今は以前とは比べものにならないくらい鋭くなっている。

「夜になると、草木は息をしはじめるのかもしれぬ」

「なるほど、そういうものかな。確かに俊介さんのいう通り、もうだいぶ暗くなっている。暮れ六つは過ぎているな」

「そんなになるのか。腹が空《す》くのも当たり前だな」

「俺も腹が空いた。早く夕餉にありつきたい」

「すまぬな、弥八」

「俊介さん、どうして謝る」

「俺のせいで道中が遅れているからだ」

「俊介さん、そのようなことを気に病む必要はないぞ」

強い口調でいい、弥八が見上げてきたのがわかった。

「岡山に早く着きたいからと、無理していいことなど一つもないのだ。こうしてゆっくり進むことは、みんなで決めたことではないか。俊介さんの気持ちも考えず、夕餉のことを持ち出したのは俺の失言だ。すまなかった」

良美がすぐに言葉を添える。

「おなかは空けば空くほど体にいいそうですよ。それにすごく空いたほうが、夕餉がずっとおいしく食べられます。遅く着くことなど、私たちは誰も気にしていません」

ありがたい言葉だな、と俊介は思った。

「良美どの、腹が空けば空くほど体にいいというのは初耳だが、まことのことか」

「まことはどうかはわかりませんが、うちの医者が——、いえ、うちの近所の医者がそういっていました」

馬子の喜兵衛を気にして、良美がいい直した。喜兵衛が悪い者とは思えないが、この先の道中の安全を考えれば、大名家の姫であることは秘しておいたほうがいい。

「そういうものなのかな。空腹が続くと、体にいいとは思えぬのだが」

「実は私もそう思っているのです。おなかが空いたら、できるだけ早く食べ物を入れてあげたほうが体にはいいと思っているのですが」

「そのお医者はきっと藪だな」

喜兵衛が決めつけるようにいった。

「腹を空かしていいことなんか、一つもありゃしないさ」

ぽん、と煙管を手のひらに打ちつけたらしい音が俊介に聞こえた。

「お侍は岡山で目のお医者にかかるっておっしゃいましたけど、それは参啓さんという医者でまちがいないんですかい」

たばこ臭い息とともに喜兵衛がきいてきた。

「ええ、喜兵衛さんのいう通りですよ」

勝江が答え、言葉を続ける。

「参啓さんは、街道きっての名医だとうかがっています」

「なんでも、御典医とのことだったね」

「ええ、池田さまに召し抱えられたお方だと聞いています」

「御典医だったら、お代は高くないのかい」

「かなり高いようです」

「そうだろうねえ。目医者だったら、ただの人も岡山にはいるよ」

「ただですか。その人は名医ですか」

「腕はすばらしいと聞いているな」

「そのお医者のお名は」

「健斎《けんさい》さんっていうんだよ」

「本当にただで診てくれるのですか」

「本当さ。貧乏人の味方だ」

「健斎さんの診療所は、岡山城下にあるのですか」

「いや、どうもそういうものはないらしいんだよ。町人たちが暮らす長屋の近所の空き地なんかにふらりとやってきて、目を患っている人や、体の具合が悪い人がいたら連れてきなさいっていうらしいんだ」

「では、健斎さんがいつあらわれるか、わからないってことですか」

「うん、刻限だけでなく、場所もわからないんだ。前もって、ここに来るって決めているわけじゃないらしいからね」

「健斎さんは、どうしてそのようなことをされているのです」

たずねたのは良美である。

「わしも聞いたことはないけど、恵まれない者たちを放っておけないって気持ちからじゃないかねえ。町人たちは神のようにあがめているよ」

そうだろうな、と俊介は思った。

「目だけでなく、本道や外科のほうもやってくれるからね。町人たちは大助かりだよ」

「健斎という人はどんな人物だ」

興味を惹かれて俊介は喜兵衛にたずねた。

「とても優しい人だって評判ですよ。ただし、顔はよくわからないらしい。暑いときでも、頭巾《ずきん》をかぶったりしているらしいからねえ」

「頭巾を……」

顔を隠すことになにか意味があるのだろうか。胸中で俊介がつぶやいたとき、頭上になんらかの気配を感じた。

はっとして顔を上げたが、俊介にはむろんなにも見えない。なにか鳥のようなものが通り過ぎていったように感じた。

馬がおびえて、ぶるると首を振る。ぐらりと馬の背が揺れ、俊介はたてがみにしがみついた。

「おう、おう、どうした、墨黒《すみぐろ》」

あわてて喜兵衛が馬をなだめる。

「暴れちゃいかんぞ」

馬が再び、ぶるるといなないた。どうどう、と喜兵衛が馬を静める。馬はなんとか落ち着いた。

「墨黒、おとなしいおまえにしちゃ、珍しいじゃないか」

「なんだ、今のは」

呆然《ほうぜん》とした弥八の声が俊介に届いた。

「弥八も感じたか」

弥八のいるほうへと顔を向け、俊介はたずねた。

「俊介さんもわかったか」

「もちろんだ」

「なにかあったのかい」

どこかのんびりとした口調で喜兵衛がいう。

「喜兵衛さん、気づかなかったか」

意外だというように弥八がいった。

「頭上を、大きな鳥のようなものが通り過ぎていったんだ」

「えっ、こんなに暗い中を鳥が飛んでいったのかい」

「今のは、鳥ではないのではないでしょうか」

ごくりと息をのんで、良美が口を開いた。あまりにびっくりして、これまで声が出なかったようだ。

「大きい上にすごい速さでした。それこそ一瞬で通り過ぎてゆきました」

「うむ、俺も鳥ではないと思う」

すぐさま弥八が同意してみせる。

「もしあれが鳥だとしたら、信じられないくらい大きかった。まさに化け物としかいいようがない」

「弥八、どのくらいの大きさだった」

「鷲《わし》の十倍は軽くあったな」

「なんだと」

それを聞き、俊介は絶句するしかなかった。

「そんなに大きかったのですか。私、なにも見ていない」

いかにも残念そうに勝江がいった。

「そんなにでっかい鳥なら、わしも見てみたかったのう」

今のはいったいなんなのか。俊介は考え込んだ。鷲の十倍もあるような鳥がこの世にいるわけがない。いや、実際にはいるのだろうか。自分が知らないだけのことか。

この世は不思議で満ちているのだ。そんなに大きな鳥がいてもいいのではないか。

「そういえば――」

なにかを思い出したように喜兵衛がいった。

「昔、岡山に表具師幸吉という人がおった」

いわれてみれば、俊介にはその名を聞いた覚えがあった。

「この日の本の国で初めて空を飛んだ人だな」

「ほう、お侍、よくご存じだね」

「旭川に架かる橋の欄干から、鳩のようなからくりを背負って飛んだそうだな」

「ええ、ええ、その通りですよ。飛んだのはおよそ二十間といわれています。まったく大したものですよ」

「空を初めて飛んだだなんて、その表具師幸吉というのは何者だ」

あいだに入るように弥八がきいてきた。

「だったら、俊介さん、今のはまさにその幸吉という人のからくりではないのか」

「だが、幸吉さんは生きているのかどうか」

「えっ、そうなのか」

「生きているとしても、相当の老齢だろう。八十は過ぎているはずだ」

「八十過ぎでは、さすがに空を飛ぶのは無理だな。俊介さん、改めてきくが、その幸吉さんというのは何者だ」

「この岡山で生まれた人だ。正しくいえば、岡山近くの八浜《やはま》という土地で生まれたらしい」

すぐさま俊介は応じた。

「幼い頃から鳥のように飛びたいという気持ちを抱《いだ》いていたようだな。表具屋で働いていたから、表具師幸吉という名がある。櫻屋《さくらや》幸吉、浮田幸吉という呼び名もある」

櫻屋というのは幸吉の実家のことで、八浜で宿屋を営んでいた。だが、幸吉が七歳のときに父親が死に、幸吉は親戚の家に預けられた。そこは紙屋と表具屋を商売にしていた。

「なるほど。浮田幸吉と呼ばれるのはどうしてだ」

「櫻屋が、浮田という名字を持っているかららしい。櫻屋自体、戦国の頃の大名として名のある宇喜多家とつながりがあるともいわれているようだな。実際、宇喜多家には、浮田という名字を持つ一門や家臣がいたようだ」

「どうして俊介さんは、そんなことまで知っている」

「物の本に書いてあった。なんという本か忘れたが、かなり前の書物だ。幸吉が空を飛んだのは、喜兵衛、いつ頃のことだ」

俊介は喜兵衛にたずねた。

「あれはもう五十年以上も前でしょうねえ。六十年はたっていないと思うけど」

感慨を言葉に込めて喜兵衛が答える。

「あのときは、岡山城下は大騒ぎになったもんさ。当時、幸吉さんはいくつだったのかねえ。まだ三十になったか、ならずやくらいだったんじゃないかねえ」

「幸吉さんは、そのからくりで空を飛んだのは一度だけか」

さらに弥八がきく。

「そりゃそうさ。なにしろお役人にとっ捕まってしまったんだから。城下を騒がせ、人心を惑わせたからってね」

「捕まったそのあとは」

「お殿さまのお慈悲で放免になったが、岡山にはいられなくなった。所払《ところばらい》にされてしまったんだよ。まあ、死罪もあり得たのに命を長らえられたのだから、所払でよしとしなきゃいけないだろうね」

「所払になって幸吉さんはどこに行った」

「駿府といわれているよ」

「駿府って、駿河《するが》の駿府か」

「そうさね。神君が隠居の地として選んだ町として知られている町だね。岡山からじゃあ、ずいぶん遠いけどね」

「そんな遠いところを、幸吉さんはどうして選んだんだ」

「さあ、どうしてかねえ。それについては、土地の者も誰も知らないんだよ」

わけがわからないというように、喜兵衛が首をひねったのが知れた。

「幸吉が浮田幸吉と呼ばれることに関係しているはずだ」

断ずるように俊介はいった。

「えっ、俊介さん、どういう意味だ」

弥八だけでなく、良美と勝江が興味津々という眼差しを投げてきているのが、俊介にはわかった。

「弥八、良美どの、勝江。宇喜多秀家という人を知っているか」

「ああ、知っているぞ。戦国の昔、ここ備前国を治めていた大名ではないか。ゆえに備前宰相と呼ばれていた。秀家公は太閤《たいこう》にかわいがられたという話だ。秀家という名は、太閤から偏諱《へんき》を賜ったものだろう」

弥八のあとを良美が続ける。

「天下分け目の関ヶ原の合戦では、豊臣方について西軍一といわれる奮戦ぶりを見せたのですが、結局は敗北されたお方です」

「関ヶ原の合戦で敗れたあと、秀家公がどうされたか知っているか」

「確か、薩摩《さつま》の島津《しまづ》家にかくまわれたのではないか」

「弥八のいう通りだ。だが、結局のところ島津家はかくまいきれなかった。秀家公が薩摩にいるという噂が立ち、島津家としては徳川家に身柄を差し出すしかなかった」

「そのあと秀家公は、八丈島に流されたのだったな」

「すぐに流されたわけではない。島津家が秀家公の身柄を徳川家に預けたのは慶《けい》長《ちょう》八年（一六〇三）のことだ。秀家公が八丈島に流されたのは、その三年後の慶長十一年だ」

「その三年のあいだ、秀家公はどちらにいらしたのですか」

当然の問いを良美が発する。

「駿府にいたのだ」

「えっ、秀家公は駿府にいらしたのですか」

「正確にいえば、駿府近くの久能山《くのうざん》に押し込められていた。久能山には、戦国の昔から難攻不落の城があった。神君のご遺骸《いがい》が葬られた場所でもある」

「ああ、久能山東照宮ですね。確か神君のご遺言で久能山に葬られたと聞きました」

「その通りだ」

「当時の駿府といえば、さっき喜兵衛さんもいったが、神君家康公が暮らしていて、日の本の国で中心といっていい町だったらしいな」

「弥八、よく知っているな。その駿府の町の近くに秀家公が幽閉されていた。当たり前のことながら、宇喜多家の遺臣たちは秀家公を慕って、大挙、駿府に移り住んだことだろう」

「なるほど、そういうことか」

納得の声を上げた弥八が太ももを打ったのか、ぱしんといい音がした。

「そのとき、幸吉さんの親戚に当たる者も駿府に移っていったのだな。秀家公が八丈島に流されたそのあとも、駿府を動かずに住み続けた遺臣がいたにちがいない。その子孫の縁を頼って、幸吉さんは駿府に行ったんだ」

「おそらくそういうことだろう」

「はあ、俊介さんとおっしゃったか、あなたさまはすごいお方だねえ」

心底感心したというように喜兵衛がいった。

「土地の者も知らないことを、あっさりと解き明かしてしまった」

「宇喜多家に関することだ、この土地の者も知っていることだろう」

「だったら、このわしだけが知らなかったということか」

「──俊介さん」

弥八が呼びかけてきた。

「幸吉さんが空を飛んだのが五十年前として、その技は受け継がれているのか」

「さて、どうだろうか」

馬上で俊介は首をかしげた。

「駿府で弟子を取ったとも聞かぬ」

「幸吉さんは、駿府でなにをしていた」

「備前屋という店を開いて、備前の品物を扱うようになったはずだ。あとは入れ歯を作っていたという話もある」

「入れ歯はともかく、備前の品物を扱っていたということは、幸吉さんは岡山とは縁が切れていなかったことになるな」

「そういうことだな。品物の仕入れ先は岡山だっただろうから」

しばしのあいだ弥八が黙り込んだ。

「もし駿府まで行って、幸吉さんの技を教えてもらった者がいるとしたら――」

言葉を切った弥八は空を見上げたようだ。

「さっき頭上を通り過ぎていったのは、人が作ったからくりということは……」

「うむ、十分に考えられよう」

あとを引き取って俊介はいった。

「楽しいおしゃべりだったけど」

不意に喜兵衛が割り込んできた。

「もう岡山に着いたよ。ほら、常夜灯の灯りが見えている」

きっときれいな景色なのだろうな、と俊介は思った。岡山の景色を目にしたくてならない。それには、一刻も早く参啓に会わなければならない。

いい結果が出ればよいな。

　俊介は強く願った。

　喜兵衛の薦めで俊介たちは、岡山の中之町にある阿久根屋《あくねや》という旅籠に泊まることにした。幸いにも宿は空いており、他の旅人と相部屋になることは避けられた。

　中之町にあるこの通りは日が暮れてだいぶたつというのに、ざわざわと人通りが絶えない様子で、かなり繁華な町であるのは明らかだった。

　喜兵衛と別れ、阿久根屋に落ち着いた俊介たちは、まず風呂に浸《つ》かった。俊介が風呂に入っているときは弥八が一緒で、背中も流してくれた。

「俺も流してやりたいが」

　申し訳なくて俊介はいったが、弥八は笑って首を振ったようだ。

「俊介さん、今はいいさ。気にするな。いずれこの恩は返してもらうことにするから」

「承知した。必ず返そう」

俊介たちのあとに良美たちも風呂に入った。

風呂から上がると、待望の食事だった。

喜兵衛が薦めただけのことはあり、山海の珍味が盛りだくさんの膳《ぜん》が出てきたようだ。色とりどりで、見た目もすばらしいものらしいが、残念ながら俊介は見ることができない。

だが、すぐに気持ちを切り替えた。もう岡山に来ているのだ、きっと治る。目も見えるようになる。

いただきます、と頭を下げて俊介は手探りで汁椀を取った。口をつけようとして、少しためらう。これは最近の癖になってしまっている。

「大丈夫だ、俊介さん。毒は入っていない」

元気づけるように弥八が告げた。

「いつものことだが、俺がすすったものを俊介さんの膳に回してある」

「すまぬな、弥八。毒味をしてもらうのはとてもありがたいが、もし弥八が毒に中《あた》ったらと思うと俺は……」

「気にするな。俺は毒に強いんだ。それにな、俊介さん」

声を低め、弥八が顔を寄せてきたのがわかった。

「実は、俺は常に毒を飲んでいるのだ」

「えっ、そうなのか」

意外なことを聞かされ、俊介は見えない目を大きく開いた。

「むろん少量ずつだぞ」

「それは毒に体を慣れさせているのか」

「そういうことだ。だから少々の毒が入っていたところで、俺はびくともせん。さすがに大量の毒を体に入れてしまったらわからんが、俺は決してそのような食べ方をしない」

俊介は、弥八の顔をまじまじと見るような気持だった。

「忍びというのは、信じられぬことをするものだな」

「幼い頃より、そういう教えを受けているからな。ただ、毒に慣れるほうを選んだそのせいで、真田《さなだ》の忍びには、毒消しの薬であまりよいものがない。良美さんが城厳寺を持っていて、本当によかった」

「俊介さま、弥八さん、なにを二人でこそこそ話していらっしゃるのです」

笑いを含んだ声で勝江が叱責《しっせき》する。

「せっかくのお食事ですから、あたたかいうちにいただきましょう」

横で良美もうなずいているようだ。

「うむ、勝江のいう通りだ。弥八、いただこうではないか。満たしてやらねば、腹の虫がうるさくて仕方がない」

目が見えなくなってから食事をするのには苦労の連続だったが、俊介はできるだけ弥八や良美、勝江の世話にならないよう、一人で食べる努力をしてきた。その甲斐《かい》あって、今はもう箸を使うのになんら不自由はない。目が見えるときと同様とはいわないが、食べている姿だけ見て、目が見えないとわかる者は少ないのではないだろうか。

食事はとてもうまかった。

こういうおいしい物を食べると、幸せな気分になれる。

きっと、と寝床に横になって俊介は思った。いい結果が待っていよう。

第二章　宝物庫破り

一

良美に手を引かれ、階段を降りた。

後ろを弥八がついてくる。勝江も俊介たちと一緒に来たかったのだろうが、部屋で荷物番である。

朝餉の名残か、一階には味噌汁《みそしる》のにおいが籠もっていた。すでにほとんどの旅人は発《た》ったようで、旅籠内は静かなものだ。奉公人たちは、きびきびと掃除にいそしんでいる様子である。

外では、鳥がかしましく鳴きかわしている。

昨日のあの大鳥のような気配は、と俊介は思い出した。弥八がいうように、表具師幸吉となんらかのつながりがある者が作り上げたのだろうか。大騒ぎになるのを避けて、夜間に大空を飛ぶことを楽しんでいたのかもしれない。

もし本当に自在に飛べるのであれば、自分も乗せてもらいたいものだ。どんなに気持ちがいいだろう。

だが、その前に目を治さなければならぬ。

「あの、番頭さん」

奉公人を呼ぶ良美の声で、俊介は我に返った。

「はい、なんでしょう」

「ちょっとご相談があるのです。番頭さんは、御典医の参啓さまをご存じですか」

「はい。目医者として評判のお方ですね」

「つてのない者が参啓さまにお目にかかるには、どうすればよろしいのでしょう」

番頭の目が向いたのを俊介は覚《さと》った。

「ご事情はわかりましたが、手立てとなると、手前にはちとわかりかねます。旦那さまなら、なにかご存じかもしれません。ただいま聞いてまいりますので、こちらでしばらくお待ちください」

階段近くにあるらしい部屋に、俊介たちは案内された。

その部屋で待っていると、失礼します、とやや野太い声の持ち主がのそりという感じで入ってきた。

「手前は、当旅籠のあるじ宗右衛門《そうえもん》と申します」

俊介たちは丁寧に名乗り返した。

「ただいま奉公人より聞きましたが、どのような手立てを取れば俊介さまを参啓さまに診ていただけるか、ということでございますね」

少し間を置き、宗右衛門が続けた。

「参啓さまは御典医だからと、お殿さま以外の人は診ないということはございません。しかし、お忙しいお方ですから、紹介がないと、やはりなかなか難しいようです」

「そうでしょうね。どなたか、参啓さまに私どもを紹介できそうなお方をご存じではありませんか」

宗右衛門からは、すぐに言葉が発せられた。

「手前どもの縁戚に、連満《れんま》屋という老舗《しにせ》の油問屋がございます。そこの主人が以前、目を患ったときに参啓さまに診ていただき、快癒したことがございます。その縁で今も参啓さまとはお付き合いがあるようですから、連満屋の主人に頼めば、紹介していただけるかもしれません」

顔を上げ、俊介は宗右衛門のほうに目を向けた。もしや、馬子の喜兵衛はこのことを知っていて、この旅籠を薦めたのかもしれぬ。

「あとはお金のことですね」

再び宗右衛門が話し出す。

「参啓さまに診てもらうことになった場合、相当のお金がかかります。失礼を承知でうかがいますが、そちらのほうは大丈夫でございますか」

「大丈夫です」

一瞬のためらいもなく、良美がいい切った。

「連満屋さんはどちらにあるのですか」

「ここから三町ほど行ったところです。どれ、手前がご案内いたしましょう」

「よろしいのですか」

喜色を隠すことなく良美がきく。

「もちろんですよ」

笑みを含んだ口調で宗右衛門が答えた。

「この宿のことは、奉公人にすべて任せてあります。手前は金勘定以外、することがないのですよ。こうしてお客さまのお役に立てるのなら、これほどうれしいことはございません」

にこにこと笑う宗右衛門の顔が、俊介にも見えるような気がした。

また良美が手を引いてくれた。

手のひらのしっとりとした柔らかさに、俊介は胸がどきどきした。この瞬間が永遠に続いてくれぬか、と願ったが、それは目がずっと見えないことを意味するのではないか。

やはり目はよくなってほしい。そして、良美との仲がうまくいく手立てが見つかってほしい。

連満屋へは三町ばかりの距離とのことだったが、俊介はそれよりもずっと短く感じた。大勢の人とすれ違ったのは確かだから、繁華な町を進んだのはまちがいない。

「こちらです」

宗右衛門の声が聞こえ、それと同時に良美が足を止めた。

まるで中から這《は》い出してきたかのように、油のにおいがあたりに漂っている。連満屋が相当の大店《おおだな》であるのは、多くの奉公人がきりきりと立ち働いている気配や物音から、はっきりとわかった。

暖簾が払われる音がし、宗右衛門が中に踏み込んだ。

良美に導かれて、俊介も暖簾をくぐった。足の感触からして、そこは三和土《たたき》になっているようである。油のにおいがさらに濃くなり、むせ返りそうだ。

「阿久根屋の旦那さま、いらっしゃいませ」

元気のいい声で挨拶し、連満屋の奉公人が寄ってきた。

「元吉《もときち》、信左衛門《しんざえもん》さんに、参啓さまのことで相談があると伝えてくれるかい」

「承知いたしました。少々お待ち願えますか」

元吉という奉公人の戻りを待っているあいだも、良美は俊介の手を放さずにいた。そのことが俊介はうれしくてならない。

外の通りに何羽かの雀が舞い降り、盛んに鳴きかわしている。せわしげに路上の餌《えさ》をついばんでいるのだ。

その雀たちが一斉に飛び立ったのと、元吉が三和土に戻ってきたのが、ほぼ同時だった。

「お目にかかるそうです。こちらにおいでください」

また良美に手を引かれて俊介は沓脱で草履《ぞうり》を脱ぎ、廊下を進んだ。

元吉に案内されたのは、風通しのよい座敷のようだ。腰高障子《こしだかしょうじ》は開け放たれているらしく、いい風が入ってくる。庭の新緑はゆったりと風に揺れているのだろう。

座敷に人がいるのが知れた。

「おお、信左衛門さん」

宗右衛門が弾んだ声を上げた。

「宗右衛門さん、まずはお座りなされ」

宗右衛門のあとに続いて、畳の上に俊介たちも正座した。

良美がそっと手を放す。残念だったが、いつまでも手をつないでいるわけにはいかない。目が見えないから誰にも責められないだけで、通常なら若い未婚の男女が手をつなぐなど、武家として決して許されることではないのだ。

良美が俊介の隣に座り、弥八は後ろに控えている。

「信左衛門さん、お忙しいところ、突然お邪魔してまことに申し訳ない」

宗右衛門が頭を下げたようだ。

「忙しいなど、とんでもない。――宗右衛門さん、参啓さまのことで相談があるとか」

宗右衛門が紹介され、俊介たちはすぐさま名乗った。どういうことなのか、宗右衛門が事情を説明する。

「なるほど。こちらの俊介さまのお目を、参啓さまに診ていただく手はずをととのえたいということですな」

「さようです。お金のほうの問題もないそうです」

「わかりました。手前が、俊介さまと参啓さまの仲立ちをいたしましょう」

拍子抜けするほどあっさりと信左衛門が請け合った。

「かたじけない。どこの馬の骨とも知れぬこのような若造に骨折りしていただき、感謝の言葉もない」

俊介の頭は自然に下がった。

「俊介さまが、どこの馬の骨とも知れぬということはございませんでしょう」

にこやかさを感じさせる声で、信左衛門がいう。

「俊介さまは名字をおっしゃいませんが、それはなにか差し障りがあるということなのでしょうな。俊介さまのお顔には、いかにも高貴なお生まれという感じが強く出ておられます。こちらの良美さまも同じことでございます」

このあたりは、と俊介は思った。大店のあるじの眼力《がんりき》というべきなのだろう。

「江戸から九州に行かれ、また江戸に戻られる途中とのことですが、なにか格別な理由があって、お忍びの旅を続けておられるのではございませんか」

なんと答えるべきか、俊介は迷った。良美もすぐには言葉が出てこないようだ。

「この二人が高貴な生まれなのは、連満屋さんのいう通りだ」

それまで口を挟むことなく黙っていた弥八が、不意に声を出した。

「連満屋さん、俺はどうかな。俺は高貴な生まれに見えないか」

こほん、と信左衛門が小さく咳払《せきばら》いをした。苦笑しているようだ。

「申し訳ありませんが、弥八さまはお二人とは、ちとちがうような気がいたしますな。――では、今からまいりましょうか」

気軽にいって、信左衛門が立ち上がる。

「参啓さまのもとに行くのですね」

うれしそうに良美がきく。

「そのほうがよろしいでしょう。参啓さまは、今日は非番ではないかと思うのですよ。非番だからといって、すぐに診てもらえるかどうかわかりませんが、とにかく俊介さまのご紹介だけはしておきませんと、話が前に進みません」

俊介は、かたじけない、とこうべを垂れた。

「なあに、困ったときはお互いさまでございますよ。手前も目を患ったときは、このまま見えなくなってしまうのか、と絶望いたしました。それゆえに、俊介さまのお気持ちはよくわかります。それが参啓さまのおかげで、今はなんの憂いもなく暮らせている。この喜びは、なにものにも代えがたいのです」

わずかに息を入れて、信左衛門が言葉を継いだ。

「それと同じものを、俊介さまにも是非とも味わっていただきたいと、手前は心から願っておりますよ。——俊介さま、駕籠《かご》を呼んだほうがよろしいでしょうな」

俊介を気遣い、信左衛門がきく。

「参啓さんの屋敷は遠いのかな」

「御城のすぐ近くにございまして、こちらからですと、四半刻の半分ばかりでございましょう」

そのくらいなら歩いてもよいが、と俊介は思った。だが、それではまるで、良美に手を引いてもらうことを期待しているようではないか。

「俊介さま、どうされますか。駕籠で行きますか」

良美が優しくきいてくる。俊介はちらりと良美のほうを見やった。むろん、美しい顔が見えるわけではない。

徳山宿で目にした良美どのの顔が最後というようなことになったら——。

唐突に俊介は暗澹たる気持ちに襲われた。

いや、そんなことがあってたまるか。俺の目は必ず治る。

良美には申し訳ないような気がしたが、俊介は連満屋に駕籠を頼んだ。

「では、すぐに手配りいたしましょう」

部屋を出てゆく信左衛門の気配が、波のように伝わってきた。


外に出た。

「俊介さま、良美さま、弥八さま、手前はこれにて失礼いたします」

旅籠に帰るという宗右衛門に、俊介は厚く礼を述べた。

「阿久根屋、この厚情は一生忘れぬ」

宗右衛門はにこやかに笑ったようだ。阿久根屋の主人は、と俊介は感じた。仏のような顔をしているのではあるまいか。

「手前も俊介さまのお役に立てたことを、生涯忘れません。俊介さまのご正体を知りたいところですが、いつかきっと知る日がくることを楽しみにしておきましょう」

「阿久根屋、それは大袈裟に過ぎよう。それに、まだ俺たちはそなたの旅籠に逗《とう》留《りゅう》するつもりだぞ」

「ああ、さようでございましたね」

「夕餉までには戻れよう」

「承知いたしました。お帰りをお待ちいたしております」

きびすを返し、宗右衛門が去ってゆく。足音が遠ざかっていった。

「俊介さま、どうぞ、お乗りください」

信左衛門にうながされ、俊介は良美の手を借りて駕籠に乗り込んだ。江戸でよく見る辻《つじ》駕籠のようだ。

「俊介さま、吊《つ》り紐を」

良美にいわれ、俊介は頭上に下がっている紐を探し当てた。

「では、行きますよ」

酒と煙草で喉をやられたようなしわがれ声で駕籠かきがいうと、わずかに左右に揺れながら駕籠が持ち上がった。

かけ声とともに駕籠が動き出す。吊り紐をしっかりと握り、俊介は転がり落ちないように力を込めた。

どうやらその様子を、はらはらして良美が見ているようだ。

余計なことは考えず、と俊介は思った。素直に良美どのの介添えを受けたほうがよかっただろうか。

そのほうが良美も安心だっただろう。だが、悔いたところで、もはやはじまらない。

東に向かった駕籠は、ほんの五、六町で止まった。

「ほい、着きましたよ」

もう着いたのか、と俊介は思った。こんなに近いのならやはり歩いたほうがよかったか。しかし駕籠のおかげで体は楽だ。

駕籠をゆっくりと降りた俊介は、ふんわりといい香りに包み込まれた。良美が寄り添ってきたのだ。我知らず抱き寄せたくなるような、においである。

「俊介さま、どうかされましたか」

小首をかしげたらしい良美にきかれた。

「なにかぼんやりされているような」

「ああ、いや、いいにおいがするな、と思っただけだ」

良美が、鼻をくんくんさせる。

「これは水のにおいですね」

いわれてみれば、と俊介は思った。良美の香り以外にも、水のにおいがほのかに感じ取れる。

「岡山城は旭川を外堀にしていると聞く。これは旭川のものだろう」

歩みを進めたらしい信左衛門が屋敷の者に声をかける。

「連満屋でございます。参啓さまはいらっしゃいましょうか」

――むっ。

門の小窓が開く音を耳にしつつ、俊介は胸騒ぎに近いような気分を抱《いだ》いた。

――なんだ、これは。

あたりを見回したかったが、そんなことをしても意味がない。なにか粘つくような目が、こちらをじっと見ているような気がしてならないのだ。

――似鳥幹之丞ではないか。

「弥八」

小声でいって俊介は手招いた。

「どこから見ているか、わかるか」

「それがわからんのだ。あたりに人けはろくにない」

「姿を隠し、こちらを見通せるようなところが近くにないか」

「道を挟んで向かいに茶店がある。だが、そこにはいそうにない。客は四人で、いかにも善良そうな者ばかりだ」

弥八がそういうのだから、まちがいないのだろう。

「少し離れているが、左手にこぢんまりとした神社がある。――あっ」

「いたか」

「あの神社かもしれん。境内の木の陰に二人いるが、身を隠しているように見える」

「風体は」

「そこまでは無理だ。距離がありすぎる」

弥八としては神社に駆けつけ、二人がどんな者か確かめたいようだが、この場を離れることはなかった。俊介の警護のほうが大事であると、考えたようだ。

「――消えた」

弥八がつぶやいた。

確かに、粘つくような眼差しは感じなくなっている。

「俊介さん、弥八さん、どうかしたのですか」

不思議そうに良美がきいてきた。

「神社に木の陰に、怪しい人影があったのだ。むろん、俺が見たわけではないが」

良美に隠し立てする気は一切なく、俊介は告げた。

神社を見やったらしい良美から、怒気が発せられた。

「似鳥でしょうか」

「かもしれぬ」

俊介がうなずいたとき、くぐり戸の開く音がした。

「俊介さま、どうぞお入りください」

信左衛門にいわれて、俊介たちはくぐり戸を抜けた。

今のは何者なのか。やはり似鳥幹之丞だろうか。二人組だとのことだったが、もう一人は俺を狙う刺客だろうか。

だが、今ここで考えても仕方がない。俺を狙うつもりなら、必ず襲ってくるだろう。そのときを待って、油断することなく迎え撃てばよい。目が見えない不安はむろんある。襲われたら、あっさりとやられてしまうのではないか、とも思う。いや、そんなことはあるまい。目が見えずとも、なんとかなるはずだという確信に近い思いが俊介にはあった。

敷石を踏んで玄関に上がり、俊介たちは奥にある座敷に落ち着いた。

掃除が行き届いているようで、畳のかぐわしいにおいが立ち上っている。座していて、気持ちの休まる座敷である。

この屋敷の主は、と俊介は思った。金に汚いだけの人ではないのではないか。そんな気がする。なにに金をかけるべきか、よくわかっている人ではないだろうか。

廊下を近づいてくる足音が聞こえた。

「失礼する」

低いがよく通る声が聞こえ、襖が開いて座敷に人が入ってきた。香を焚《た》きしめているのか、着物からいいにおいが香った。

「参啓さま」

信左衛門が平伏したようだ。

「お忙しいところ、ありがとうございます」

「連満屋さん、お顔を上げてください」

ゆったりと座ったらしい参啓が、信左衛門に丁重にいう。

「連満屋さんもご存じのはずだが、今日、手前は非番ですからな」

「しかし、お暇ではないはずです」

「それはそうですが、連満屋さんがいらしたというのに、ほったらかしにしておくわけにはまいりません」

「ありがとうございます」

「連満屋さん、その後、目のほうはいかがですかな」

「おかげさまで、なにごともありません。霞《かす》むこともありません」

「しっかりと点眼していますかな」

「もちろんですよ」

「それを聞いて安心しました。再発が怖いですから、油断することなく薬は続けてください。まだありますね」

「あと半月分は十分にあります」

「なくなったら、また取りに来てください。それで連満屋さん、ご用件は」

参啓の目が自分に向いたのを、俊介はすぐさま覚った。鋭い目つきをしているらしく、眼差しが痛いほどだ。

詳しい事情を信左衛門が説明する。

「なるほど。――俊介どのといわれたが、目が見えなくなったのはいつのことかな」

鋭い眼差しはそのままに参啓がきいてくる。

「今から十日ばかり前のこと」

答えながら俊介は、もう十日ものあいだ俺は暗黒の世界にいるのか、と思った。そのうちの三、四日は眠っていたとはいえ、やはりずいぶんと長く感じられる。早くこの世界から抜け出したくてならない。

「十日前か。なにゆえ目が見えなくなったのですかな」

「毒を飼われた」

「なんと」

　思いもよらなかったようで、参啓からはしばらく声がなかった。

　あまりにも驚きが強く、信左衛門も言葉を失っているようだ。いったいどういう人なのだろう、と俊介のことをじっと見ているのがわかる。

「誰に毒を盛られたのですか」

「それは、まだわからぬ」

　そうですか、と参啓がいい、問いを投げかけてきた。

「俊介どのは何者ですかな」

「ただの侍だ」

　間を置かずに俊介は答えた。

「侍であるのは見ればわかりますが、ただの、ではないでしょう。相当の身分のお方ではないのですか。毒を盛られたというのは、その座を狙う者がいるからではないのですか。俊介どのがうらみを買うような人物にも思えんし。――まあ、よかろう。今はそのことは措《お》いておきましょう」

　自らにいい聞かせるように参啓がいった。すぐに、じりと畳がきしむような音がした。参啓がにじり寄ってきたのだ。

「どれ、俊介どの、目を診せていただくとしよう。よろしいかな」

「もちろん」

俊介が顎を引くと同時に顔に指が当てられ、俊介の目が大きく開かれた。

右目、左目の順で参啓が診てゆく。

「俊介どの、今からろうそくを近づけるが、できるだけ瞬《まばた》きをしないようにしてくだされ」

「承知した」

火打石と火打金が打ち合わされる音がし、そのあとすぐに俊介の顔近くが熱くなった。むろん、我慢できないほどの熱さではない。俊介はじっと瞬きをせずにいた。目が見えなくなっているせいもあるのか、そのことが別に苦痛でもなんでもない。

「よし、もうよろしいぞ」

参啓の声とともに熱が引いてゆき、俊介は目を閉じた。

「参啓さま、いかがでしょうか」

真剣そのものの声音で良美がきく。

「今のところは、まだわかりません。しかし力の限りを尽くしましょう」

ありがたし、と目を開けた俊介は参啓の言葉を嚙み締めた。今の言葉を聞けただけで、岡山までやってきた甲斐があった。

これでもし目が見えるようにならなかったら、それはきっと天命なのだろう。受け容れがたいが、受け容れるしかない。

人の歴史がいつはじまったのか、俊介は知らないが、人生の途中で目が見えなくなった人は、数え切れないほどいるだろう。ほとんどの人が、おのれの運命を呪《のろ》いながらも受け容れてきたにちがいない。

もちろん、絶望して死を考え、それを実行した人も少なくないだろうが、前向きに生きようと決意をした者が多勢を占めるはずだ。自分もその一人になるのである。

「治療というのは、力を尽くせば必ず治るというわけではありません」

凜《りん》とした口調で参啓が語る。

「それでも、わしは治せるのではないか、と思うておりますよ。俊介どのの瞳はひどく濁っておるが、神経はやられていない様子だ。もし神経をやられていたら万事休すだったが、これまでの経験からして、この瞳の濁りは薬で取ることができるのではあるまいか。濁りさえ取れれば、俊介どのの目は見えるようになろう。わしはこう考えております」

――俺の目は、見えるようになるのか。

俊介はまさしく光明を見る思いだ。必ず治ると参啓は断言したわけではないが、ここまでいうということは、治癒によほど自信があるのだろう。

そう思ったら、俊介の腰から力がすとんと抜けた。一瞬、腰骨が砕けたのではないかと思ったほどだ。それだけ俊介の中で安堵の思いが強かった。

参啓が言葉を続ける。

「毒にやられた目というのは、今の医術ではまだまだ難しいところがあり、もしかしたら治らぬかもしれない。そこのところは、覚悟しておいてくだされ。だが、わしは他の医者が治せぬものを治せるようにと、ずっと長いこと精進を続けてきた。正直いえば、毒にやられた目というのはろくに経験がないが、俊介どのの目が治せないのでは、医者の看板を掲げている意味がないような気がします」

実に力強い言葉で、俊介は聞いていて心地よかった。

「わしにとって、俊介どのは治し甲斐のある患者だといってよい」

「――俊介さま」

柔らかな手で、俊介の手がぎゅっと握り締められた。

「参啓さまがここまでおっしゃってくださいました。私は必ず治ると確信しました」

「手前も同感でございます。俊介さまの目はきっと見えるようになりましょう」

心底うれしそうな声を信左衛門が上げた。

「かたじけない」

俊介が頭を下げると、うう、と良美が嗚咽《おえつ》した。

「よかった、本当によかった」

しぼり出すような声で良美が泣く。

この一事で、良美にどれだけ心配をかけていたか、俊介は思い知った。かけがえのない女性だ、と改めて思った。失いたくない、と俊介は叫びたかった。このままずっと一緒にいたい。いや、いるべきなのではないか。

「俊介さん、よかったな」

弥八が俊介の肩に手を置いた。心なしか、その声は震えを帯びている。

「弥八、泣いているのか」

「馬鹿をいうな。なにゆえ俺が泣かなければならない」

「弥八は意外に涙もろいゆえ」

「俺は涙など流したことはない」

「そうか、ならばそういうことにしておこう」

「俊介さんこそ、泣いているのではないか」

「当たり前だ。泣くほどうれしいとは、このことだ」

いった途端、俊介の目からぽろぽろと涙がこぼれ落ちた。涙とともに、瞳の濁りも取れればよいのに。

「――俊介どの」

冷静な声で呼びかけてきた参啓が、釘を刺すようにいう。

「おわかりだろうが、わしは必ず治るとはいうておらん。それに、今日明日に目が見えるようになるということでもありません」

「それは承知している」

膝に手を置き、涙を拭いて俊介は神妙に答えた。

「どのくらいのあいだ、参啓さまの治療を受けることになりましょう」

これは良美がきいた。

「まずひと月はかかるであろうな」

そんなにか、と俊介は思った。父上が待っておられるというのに。それでは三月で帰るという約束を果たせない。

いや、とすぐに俊介は思い直した。今は目が見えるようになるだけで、よしとしなければならぬ。それ以上、いったいなにを望むというのだ。

「承知した」

威儀を正し、俊介は静かにいった。

「俊介どの、今、ひと月というのが長いと思ったのではありませんか」

「うむ、思うた」

正直に答えて俊介は、参啓の言葉を待った。

「だがの、決して長くはないのですよ。むしろ短いと思ってよい。こんなに早く治る見込みであるというのは、俊介どのの体の強さもあるのです。俊介どのの体に、毒に打ち勝てるだけの強さがあったということになります。丈夫な体に産んでくれた母上に、感謝しなければいけません」

ありがとうございます。

幼い頃に亡くなり、顔も覚えていない母に、俊介は心の中で謝意を述べた。

こうして生きていられるのは、母上のおかげです。

「俊介どののたちは江戸のお方ということだが、どこに宿を取っておられる」

参啓にきかれ、俊介はすぐさま伝えた。

「阿久根屋か。よい宿と聞くが、俊介どの、この屋敷に移ってきなされ」

「それは、それがしがこちらに逗留するという意味かな」

「さよう。わしの手当を受けるあいだ、この屋敷にいるということです。目のためにもそのほうがよい。目が見えないのに、阿久根屋から通うのも大変だ」

「参啓どの、本当によろしいのか」

「もちろん。好きなだけいてよい。こちらの美しい女性と弥八さんも、一緒でかまわんですよ」

「――参啓さま」

良美が声を出した。

「一人、阿久根屋に置いてきた者がいるのですが、その者もこちらに連れてきてよろしいでしょうか」

「良美どののお連れかな。すぐに連れてきなさい。ただし、俊介どのたちをここに置いておくのに、ただというわけにはいかん。四人分の代をいただくことになるが、よろしいかな」

「もちろんです」

良美がはきはきと答える。

「ところで参啓どの、それがしの目の治療代はいかほどになろうか」

少し身を乗り出し、俊介はたずねた。

「そちらは、かなりいただくことになりましょうな。こんな前置きより、さっさと申し上げましょう。一日一両、いただくことになります」

さすがに俊介は息をのみかけた。目が見えるようになる。これにまさる喜びはないとはいえ、参啓の屋敷にひと月も世話になるとするなら、目の治療代だけで三十両もの金が必要になってくる。

手持ちで、それだけの金がないわけではない。だが、ここで三十両以上も払ってしまうと、この先、旅を続けられなくなってしまう。

「わかりました。お支払いいたします」

良美がきっぱりといいきった。

「良美どの……」

それ以上の声をなくした俊介に、良美が笑いかけてきたようだ。

「俊介さま、大丈夫ですよ。私にお任せください」

「しかし――」

「よいのです。――では、参啓さま、俊介さまの目の治療、よろしくお願い申します」

「うむ、承知した」

力強い声音で参啓が請け合った。

「明日から本式に治療を行うことにいたしましょう」

参啓の屋敷には俊介と良美が残り、弥八が勝江を迎えに行くことになった。

神社にいた二人組のこともあり、弥八は俊介をこの場に残して行くことに不安を覚えたようだが、阿久根屋に残している荷物のことなどもあり、男手が必要だった。

真摯《しんし》な口調で弥八が語りかけてくる。

「勝江さんを連れてすぐに戻ってくるゆえ、俊介さん、ここでおとなしくしていてくれ」

「むろんそのつもりだ」

「良美さん、俊介さんを頼む」

「はい、お任せください」

気強い口調で良美がいう。

「では行ってくる」

「さて、手前も店に戻りましょうかな」

それを聞き、俊介は信左衛門のいるほうに向かって頭を下げた。

「なんといえばいいかわからぬほど、それがしは、連満屋どのに感謝している」

「手前こそ、俊介さまにお礼を申し述べたいくらいでございます。手前は、俊介さまのお力になれたことが、うれしくてならないのですから」

信左衛門が穏やかにいった。

「どういう形になるのかわかりませんが、いつの日か俊介さまのことが、この耳に入るときがきっとやってまいりましょう。ああ、あの俊介さまはこういう立派なお方だったのだ、と知ることになると、手前は確信しておりますよ。その俊介さまのお役に立てるということは、手前にとって喜び以外のなにものでもございません」

「そなたの期待に応えられる男に、きっとなってみせよう」

「俊介さまなら、きっと大丈夫でございます。手前にはなんの不安もございません。では、これにて失礼いたします」

辞儀をしたらしい信左衛門が、弥八とともに部屋を出ていった。

もっとずっと一緒にいて、話をしていたいと思わせる男だった。いろいろな者がこの日の本の国にはいる、と俊介は実感した。我が領内にも、と期待がふくらむ。きっと有為な者がたくさんおろう。

「俊介どの、良美どの、こちらに来てくだされ」

信左衛門と弥八を見送ってきたらしい参啓が俊介たちを案内したのは、良美によれば、日当たりのとてもよい八畳間とのことだ。

「こちらでゆっくり休んでいてくだされ。俊介どの、無理は禁物ぞ。とにかく、疲れないようにすることこそ肝心。疲労が体内の毒を元気づけることになるゆえな」

参啓が去り、俊介は良美と座敷で二人きりになった。少しだけ息苦しいが、心が弾む。

「良美どの、代のことだが」

その気持ちを抑えて俊介は切り出した。

「それは、私に任せてください」

「いや、そういうわけにはいかぬ」

「いえ、俊介さまのために出したいのです。私には、これまでに貯めてきたお金があります。それを江戸から持ってきました。もちろん、為替という形にしてありますが、それを使わせてください」

「わかった」

俊介は、素直に良美の厚情に甘えることにした。

「ただし、良美どの、借りるだけだ。必ず返すゆえ、覚えておいてくれ」

「わかりました。それでようございます」

良美はにっこりとしたようだ。発せられる香りが一段と強さを増したような気がした。その香りに当てられたか、俊介は頭がくらくらした。良美を抱き締めたい。抱き寄せたくてならない。

その思いをこらえきれず、俊介は香りがするほうに両手を伸ばした。あっ、と小さく声を上げたが、良美はあらがうことなく、俊介の胸に顔を預けてきた。

「良美どの」

俊介の声は震えた。

「はい」

「驚かずに聞いてくれるか」

「はい」

「俺は良美どのが大好きだ」

思い切って俊介は心のうちの思いを告げた。心の丈を良美どのに打ち明けるのは今しかない、と思い定めたのだ。

「私も俊介さまが大好きです。離れたくない」

「良美どの、ずっと一緒にいよう」

「はい」

町人ならば、こういうときに、駆け落ちを考えるのかもしれない。

俺も跡継の座を捨てて、市井の者になってしまえば、よいのかもしれない。真田家の家督を継ぎたい者は、いくらでもおろう。腹違いの弟もいる。

いや、それでは駄目だ。逃げているだけではないか。正面からぶつかり、打開しなければならぬ。

俊介には理想がある。信州松代を豊かにするという夢だ。領内で暮らす者すべてに幸せを与えなければならない。

それができるのは、この俺だけだろう。

傲慢《ごうまん》かもしれないが、俊介はそう思っている。それには、真田家の棟梁《とうりょう》でいなければならない。

「こうしていると、とても安心します」

俊介の胸に顔を当てて、良美がいう。

「俺も平和な気分だ。良美どのとこうしているのが自然な気がする」

生まれたときからこうなることは、決まっていたのではないか。

「――良美どの」

俊介は静かに呼んだ。胸の中の良美が小さく身じろぎし、俊介を見上げたようだ。

「俺がそなたの姉である福美《ふくみ》どのと、縁談があるのは知っているな」

そのことを問われるのを予測していたかのように、良美が冷静に答える。

「はい、存じています」

「良美どの、俺は逃げぬ。江戸に帰ったら、良美どのを室に迎えたいと父上に申し上げるつもりだ」

俊介の胸が温かいもので濡《ぬ》れた。うっ、うっ、と良美が忍び泣く。

「うれしゅうございます」

だが、果たして自分たちにどういう運命が待っているか、正直なところ、わからない。いくら俊介のことを第一に考えてくれている幸貫でも、二つ返事で許してくれるとはとても思えない。自分の気持ちで婚姻が決まるほど、大名とは甘いものではないのだ。

やるしかない、と俊介はかたく思っている。切り開くのだ。この女性を妻に迎えるためなら、なんでもやってみせよう。命を懸けるに値する女性なのだ。

質素ではあったが、参啓が供してくれた夕餉はとても美味だった。

この屋敷に参啓以外には、安造《やすぞう》とおたねという若い下男下女の夫婦がいるだけのことだ。

「良美さま、なにかよいことでもございましたか」

茶を喫しながら、首をかしげたらしい勝江が良美にきく。

「良美さまは血色がよいというのか、なにやら生き生きとされているようです。俊介さまと並んでお座りになっている姿は、まるで本当の夫婦のようでございますよ」

「うむ、俺もそう思う」

弥八が同意する。

ふふ、と余裕の笑いを漏らして良美がさらっという。

「さあ、どうでしょう」

そんな良美とは異なり、勝江の言葉を聞いて俊介はどきりとしていた。女という生き物は相変わらず鋭い。

「良美さま。やはり、よいことがあったのではありませんか。だって、しばらくのあいだ、この部屋で俊介さまと二人きりだったのですから」

「そのあたりのことは、あなたの想像に任せます」

「俊介さま、本当のところはどうなのですか」

良美では埒《らち》が明かないと思ったか、勝江の矛先《ほこさき》が俊介に向いた。俊介はどぎまぎした。こんなことでうろたえるなど、自分が情けなく思えたが、この手の話になると、いつもこうだ。

「いや、なんといえばよいのやら……」

「怪しいですね。俊介さま、お顔が真っ赤ですよ」

「そんなことはあるまい」

狼狽《ろうばい》し、俊介は頬を触った。確かに熱を持っているようだ。

「良美さまとのあいだになにかあったのですね。俊介さま、なにがあったのか、白状なさってください」

「勝江――」

良美がきりりとした声を発した。

「もうそのくらいにしておきなさい。あまり調子に乗ってはなりませんよ」

「は、はい、すみません」

両肩を縮めた勝江の姿が見えるようだ。

「ところで勝江、あなたのほうはどうなのですか」

「どうなのですって、良美さま、なんでございましょう」

「なにをとぼけているのですか。弥八さんとの仲に決まっているでしょう」

「な、なに」

頓狂《とんきょう》な声を上げたのは、弥八である。

「良美さん、なにをいっている。勝江さんは正八郎さんに惚《ほ》れていたのだぞ」

「今は、弥八さんを好いているのではありませんか」

「そ、そんなことはありえんだろう」

「勝江、どうなのです」

「どうなのですとおっしゃられても……」

「わかりました。今宵《こよい》はこのくらいで勘弁してあげましょう。――俊介さま、そろそろやすむことにいたしましょうか」

俊介の体を案じたらしく、良美が優しくいった。

「うむ、そのほうがよいな。――弥八、頼んでよいか」

承知した、といって弥八が押し入れから布団を次々と出しはじめ、敷いてゆく。敷き終わると、今度は座敷の真ん中に衝立《ついたて》障子を置く気配が伝わってきた。

「俊介どの、できたぞ」

「いつも苦労をかけるな。では、さっそく横になるとしようか」

手探りで布団に横たわるのは、もう慣れたものだ。

「俊介さま、おやすみなさい」

衝立障子の向こうから、良美が呼びかけてきた。

「良美どの、ゆっくり休まれよ」

「俊介さまも」

「お二人とも早くおやすみになってください」

俊介たちの仲を妬《や》いているのか、勝江が抗議の声を上げた。

「仲がよいのはおよろしいのですけど、眠りの邪魔でございますよ」

「すまぬ」

「ごめんなさい」

それきり座敷内は静かになった。

安らかな気持ちで、俊介は寝につけそうだったが、この屋敷に入る前にこちらを見ていた二人組がいたことを、ふと思い出した。風体もろくにわからぬ二人だったが、一人はやはり似鳥幹之丞と見ていいのだろうか。

それとも、と俊介は思った。別の者なのか。

別の者として、狙いはなんなのか。

考えたところでわかるはずもない。

衝立障子の向こうから、健やかな寝息が聞こえてきた。

勝江である。なんだかんだいっても、いつも最初に寝つくのは勝江なのだ。

俊介も眠気を感じている。このまま眠りの海に引き込まれそうだ。

はっとした。

目が覚め、俊介は暗闇を見回した。

灯りがほしいな、と思ったが、すぐに自分の目が見えないことを思い出した。

屋敷内で、なにか気配がしている。息を殺し、俊介は耳をそばだてた。

まちがいない。誰かいる。それも一人ではない。

「俊介さん」

間近で、弥八の押し殺した声が聞こえた。

「弥八も気づいたか」

俊介はささやき声で返した。

「うむ。もしや昼間の二人かもしれん」

きっと弥八のいう通りだろう、と俊介は思った。

「俊介さんも気づいているだろうが、すでにこの屋敷に入り込んでいるぞ。猶予はない」

弥八が立ち上がる気配がした。

俊介も布団の上に起き上がった。枕元に置いてある刀を手探りで引き寄せ、いつでも抜けるよう体勢をとる。

「俊介さんは、ここで良美さんと勝江さんを守ってくれ」

「弥八は」

「知れたこと。賊を叩き伏せる」

「一人で大丈夫か」

「任せてくれ。暗闇の中の戦いは、得手にしているからな」

そういえば、と俊介は思いだした。以前、弥八に命を狙われたことがあったが、あのときも寝所でのことで、ほぼ暗闇だった。あのときは恐ろしいほどの遣い手に感じたものだ。いくら闇を得意にしているといっても心配は心配だが、今は弥八の腕を信じるしかない。

「では、行ってくる」

気軽い調子でいって襖を開けた弥八の気配が、穴にでも落ち込んだようにすとんと消えた。このあたりは、さすがに忍びの血を引いているといってよいのだろう。

布団の外に出た俊介は、畳の上で中腰の姿勢を取った。

「俊介さま、なにかあったのですか」

上体を起こしたらしい良美が、低い声で聞いてきた。

「この屋敷に入り込んだ者がいる」

はっと息をのんで布団を抜け出した良美が、懐の短刀を引き抜いたような音がした。

「勝江、起きなさい」

むにゃむにゃと勝江が寝ぼけたような声を出す。良美が勝江を揺すったようだ。

「良美さま、なんですか」

「勝江、大きな声を出すんじゃありません。このお屋敷に賊が入り込んだのです」

「ええっ」

勝江はさっと起き上がったようだ。

「賊はどこです」

「まだわかりません。似鳥幹之丞かもしれません」

「似鳥ではなかろう」

屋敷内の気配を探りつつ、俊介は冷静にいった。

「俊介さま、なにゆえそう思われるのです」

「似鳥にしては、あまりにやり方が拙劣だからだ。あの男ならば、こんなにたやすく気配を覚られるようなことはあるまい」

「似鳥でないとしたら、何者でしょう」

「わからぬが、もしやすると賊は俺を狙う者ではないのかもしれぬ」

ほんの一瞬、良美が考え込む。

「もしや狙いは参啓さま――」

「そうかもしれぬ。医者を生業《なりわい》にする者は、逆うらみをされることも少なくなかろう」

気をゆるめることなく、俊介は気配を嗅《か》ぎ続けた。

どのくらいたったものか、不意に、どたん、となにかが倒れる音がした。直後、ぎゃあ、と悲鳴が聞こえた。

弥八が襲いかかったのだな、と俊介は覚った。今の悲鳴が弥八のものであるはずがない。

弥八の腕を信じてはいるものの、さすがに俊介は、はらはらどきどきした。いても立ってもいられない気分である。こういうときは、自分で戦っているほうが楽だ。

身じろぎ一つせずにいると、人が襖を突き破ったような音が響き、またも悲鳴が闇を引き裂いた。

それきりなにも聞こえなくなり、屋敷内は静寂が満ちた。

「終わったのでしょうか」

勝江が不安げな声を出す。

「どうだろうか」

俊介がいった途端、荒い足音が聞こえてきた。こちらに来る、と俊介は覚り、刀を腰に差した。足音の主は廊下を突き進んでいる。

今にも目の前を駆け抜けようとしているのを知った俊介はさっと襖を開け、その者の前に立ちふさがった。

夜目が利くのか、その者はぎくりと足を止めたようだ。俊介に向け、殺気を放つ。

「おぬし、何者だ」

鯉口《こいぐち》を切って俊介は静かに問うた。

「おまえの知ったことか。さっさとどきやがれ。どかんと殺すぞ」

押し込みの類《たぐい》ではないか、と俊介は判断した。賊は弥八に顔でも殴りつけられたか、どこかろれつが回っていない。

「素直に縛につけ」

刀を抜くことなく、俊介は命じた。

「うるさい。死ねっ」

右手を振り上げたらしい賊が一気に突っ込んできた。賊の得物がなにかわからないが、俊介は刀ではないような気がした。

匕首《あいくち》か。そうかもしれない。賊が振り下ろしてくるのがわかった。大した鋭さではない。

「俊介さまっ」

悲鳴のように甲高い声を良美が発した。案じずともよい。心で告げて俊介は賊の匕首をかわし、刀を抜こうとした。それを知ってか、賊が後ろに下がり、すぐさま匕首を腰だめにして、突進してきたのがわかった。

猪突《ちょとつ》してきた賊をひらりとかわし、がら空きの賊の首筋に手刀をぶつけてゆく。だが、それは空を切った。間一髪、賊は避《よ》けたようだ。

唇を嚙みかけたが、俊介は刀を抜くや前に伸ばし、さっと横に払った。がっ、と手応えがあり、刀の峰に足をすくわれた賊が廊下に倒れ込んだのが知れた。

足を打たれた痛みに声を上げながらも、賊はすぐに立ち上がろうとしたようだが、素早く前に進んだ俊介はそれを許さなかった。今度こそ首筋に手刀を叩き込んだのだ。びし、としびれるような音が響き渡った。

ぐむう、と賊がうめき、それきり黙り込んだ。気を失ったのだろう。

ふう、と俊介は息をつき、額に浮いた汗を手の甲でぬぐった。

「俊介さま、お怪我《けが》は」

俊介に寄り添い、良美がきく。

「負っておらぬ。心配をかけたな」

「俊介さまを信じていました。このようなところで死んでしまうお方ではないと」

「俺もそう思っていた」

左手に提げた抜き身を鞘《さや》にしまい、俊介は目を上げた。廊下をこちらに足早に近づいてくる足音が聞こえている。足音の主は、しっかりと床板を踏み締めている。

廊下にそろそろと出てきた勝江が良美の隣で身構え、そちらに目を据えているようだ。

一応、俊介も勝江にならったものの、やってきたのは弥八だろうと見当がついている。賊ならば、これほど堂々とした歩き方はしないだろう。

「おっ」

近づいてきた気配が驚きの声を上げた。やはり弥八だ。

「そいつは、俊介さんが倒したのか」

弥八の目は、廊下に倒れている賊に向けられているのだ。

「そうだ。弥八、無事か」

「むろん。それにしても俊介さん、よくやれたものだ」

「屋敷内は真っ暗闇だろう。ゆえに、俺のほうが有利だったのだ」

「それでもすごい。さすがとしかいいようがない。俺が逃がしてしまった賊を、よく捕らえてくれたものだ」

「弥八、もう一人は捕らえたのだな」

「縄を打った。こいつにも縄を打っておいたほうがよいな」

廊下に膝をついた弥八が、賊を縄でがんじがらめにしたのが知れた。

「これでよし。俊介どの、座敷に入らんか」

俊介たちはそろって座敷に座した。俊介は弥八にただした。

「参啓さんは」

「無事だ。怪我一つ負っていない」

「それはよかった」

俊介は顔をほころばせた。良美と勝江も安堵の息を漏らす。

「下男の安造に町奉行所に走ってもらったゆえ、すぐに捕方《とりかた》が駆けつけよう」

「賊は何者だ」

「金目当ての押し込みだろうな。参啓さんがしこたま貯め込んでいると見て、襲ってきたらしい」

「神社から見ていた二人か」

「多分そうだ」

その後、参啓の屋敷にやってきた町奉行所の同心に、参啓立ち会いのもと、弥八が二人の賊を引き渡した。縄を打たれた賊は力なくうなだれて、小者《こもの》や中間《ちゅうげん》に引っ立てられていったそうだ。

岡山池田家の法度《はっと》がどういうものか俊介は知らないが、二人は死罪に処されるのではないだろうか。池田家の御典医の屋敷に押し入って、命が無事で済まされるとは、思えない。

金のために命を失うとは、まったく馬鹿なことをしたものだが、この手の犯罪が決してなくならないのは、人が心からの反省をしない生き物だからなのではないのか。

犯罪のない世がいつかはくるのだろうか。

俺がそういう世にしてみせる。というのはたやすいが、それをうつつにするのは容易なことではない。

悲しいことだが、と俊介は思った。自分の生きているあいだにそういう世がくることはまずないだろう。

自分ができることは、その土台作りが精一杯なのではないか。

いや、そんなことはない。俊介は昂然《こうぜん》と頭をもたげた。はなから、あきらめてたまるものか。

せめて松代だけでも、と俊介は決意した。犯罪のいっさい起こらぬ場所にしてみせよう。

二

夜の姿を見えにくくするために、あの天守は黒いのだろうか。

腕をこまねいて、総四郎は首をかしげた。

闇夜の烏《からす》も同然に、天守は闇ににじんだようにしか見えない。

そのような狙いはあるまい、と総四郎は胸中で首を振った。単に、あの黒色は城を築いたときの城主の好みに過ぎないのではないか。

涼しい風が渡り、総四郎の足元の草を揺らしてゆく。総四郎が足を置いている
この庭園は、できあがったばかりの頃は、菜園場と呼ばれていたらしい。
実際に、当時は作物畑や茶畑が作られていたと聞いている。おそらく籠城《ろうじょう》に
備えてのものだろう。それがいつしか畑が潰《つぶ》されて庭園となり、岡山城の背後に
あることから、後園《こうえん》と呼ばれるようになった。
庭園の名など、と総四郎は思った、どうでもよい。またそのうち、為政者の都
合で変わるかもしれないのだから。
空には雲が厚く覆っており、月もなければ、星の瞬きも一つたりとも見えない。
蝙蝠《こうもり》だろうか、なにかが頭上をよぎっていった。
ふっ、と息を入れ、俺も飛びたいものだ、と総四郎は思った。軽く息を入れ、
旭川のほとりに歩み寄る。川には、流れがほとんど感じられない。
ただし、ところどころ淵《ふち》になっている場所は、急な流れができているようだ。
引き込まれないように注意しなければならない。溺《おぼ》れはしないが、無駄な力は使
いたくない。
川に浸かる前に、総四郎は自らの身なりを見下ろした。黒装束には、ほつれな

どは見当たらない。小さなほころびでも、闇の中では意外に目立つものだ。

黒頭巾にも触れてみた。よし、と総四郎はうなずいた。どこにもおかしなところはない。

行くぞ、と自らに気合を入れて旭川に入り込んだ。腰まで浸かったとき、総四郎は声を上げかけた。凍えるほどではないが、もし眠気に襲われていたなら、それが一気に吹き飛ぶほどの冷たさである。

もともと、そんなに寒さに強いほうではない。殺しを生業にするようになってからも、それは変わらない。変わらなければ命取りになるような気がしないでもないが、今のところは別に危機に陥ることもなく、生き長らえている。

少し進むと、足が着かなくなった。総四郎はゆっくりと泳ぎはじめた。泳ぎは幼い頃から得手だ。

それにしても、と静かに水をかきながら総四郎は思った。空を飛ぶからくりがあるというのに、戦国の頃の忍びのように、川を泳いで渡るとは、馬鹿げたことをしているという気になる。

だが、あのからくりは温存しておかなければならない。使えば楽に城内に入り込めるのはわかっているが、あのからくりを池田家中の者に見られる危険を冒すわけにはいかないのだ。あれは、肝心なそのときまで取っておくつもりでいる。

後園から岡山城まで、四十間ほどの川幅がある。総四郎はそれを泳ぎ切った。すぐ近くに、夜空に影を突き出す櫓《やぐら》が建っている。何人かの番士が詰めているはずだ。

だが、総四郎の姿に気づくほど気持ちを入れて目を光らせている者など、一人もいないだろう。居眠りはしていないにしろ、いつもの夜と同じく、なにも起こらないと高をくくり、のんびりしているはずだ。ただ、時だけが早く過ぎることを祈っているに過ぎない。

目の前にそびえる石垣に取りつくと、ぼたぼたと水滴が落ちた。さすがに体が重い。黒装束の至るところを片手でぎゅっぎゅっとねじって水をしぼり出した。そうしてから、総四郎は石垣をよじ登りはじめた。

石垣のてっぺんには、屋根つきの塀が設けられている。塀には鉄砲狭間《ざま》がいくつもうがたれているが、そこからこちらをのぞき見ている者はいない。

石垣の一番上まで来た総四郎は、先端に重しのついた縄を懐から取り出し、塀の屋根越しに投げた。かすかな音を立てて重しが向こう側に引っかかったことを確認して、総四郎は塀を登り、さっと乗り越えた。

武者走りに着地するや、すぐにそこを飛び降り、身を低くしてあたりの気配をうかがう。

総四郎はすでに本丸にいる。こんなにたやすく本丸に忍び込める城など、日の本の国のどこを探しても、そうはないのではないか。

しばらくその場にうずくまっていたが、総四郎に向かって声を上げ、走り寄ってくる番士、番卒はいない。総四郎が忍び込んだことに気づいた者など、一人もいないのだ。

ごくりと唾を飲み、総四郎はわずかに体を伸ばした。天守が間近に望め、その手前に本丸御殿の宏壮な屋根が見えている。あの御殿の中に標的である池田内蔵頭がいる。いま眠りの真っ最中であろう。それとも、側室でも抱いているのだろうか。

御殿の屋根に隠れるようにして、石造りの建物の一部が総四郎の視野に入っている。今宵の目当ての宝物庫である。

宝物庫を目の当たりにして、心の臓がどきどきしはじめているが、このくらいはいつものことだ。別に冷静になる必要もない。高ぶっていても、体は自在に動く。

おまえは大丈夫だ、やれる。おのれにいい聞かせて総四郎は石造りの建物に向かって音もなく走りはじめた。

本丸御殿の庇《ひさし》の下や濡縁のそばを風のように通り抜け、宝物庫の近くまでやってきた。

ここまで来るのに、誰何《すいか》の声を上げる者は一人もいなかった。大名家など、池田家に限らず、どこもゆるみきっている。目の前の平和に浸りきっているのである。

宝物庫の横手に、番所らしいこぢんまりとした建物がある。中から灯りが漏れており、番士が詰めているのが知れた。

事前の調べで、番士は二人であるのがわかっている。さすがにこの二人の口を封じてからでないと、仕事にはかかれない。

番所の入口は一つしかない。そこから押し入るのは素人《しろうと》のやり方だ。裏手に回った総四郎は、横長の窓があるのを見た。

手を伸ばし、窓をほんの小さく開ける。ぎい、という音を立てたが、中の番士が感づいた気配はない。

窓からのぞき込む。一つしかない行灯《あんどん》に火が入れられ、中は夕暮れほどの明るさを保っている。十畳ほどの畳の間に、細長い土間と上がり框《がまち》があるだけの建物だ。

調べた通り、番士は二人だ。こちらに背中を見せて畳に座り込んでいる一人は、茶を喫しつつ眠気に負けまいと必死の様子である。だが、今にも舟を漕《こ》ぎそうになっている。

もう一人は仮眠中なのか、部屋の隅に敷かれた布団に横になっている。耳障りないびきが聞こえた。

小窓をさらに開け、総四郎は番所の中にするりと入り込んだ。眠気と戦うのに夢中で、座している番士は総四郎に気づきそうにない。

布団で眠っている一人も、いびきに変わりはない。

背後にじりっと近づいた総四郎は、眠気を飛ばすように首を振った番士の肩口に手刀を入れた。どす、と音が立ち、番士が声もなく畳の上に倒れる。泡を吹くような顔で、失神している。空の湯飲みが畳の上に転がった。

布団で寝ている番士が寝返りを打ち、仰向《あおむ》けになった。さっと動いた総四郎は、番士のみぞおちに拳《こぶし》を入れた。

またも鈍い音が響き、番士が一瞬、目を大きく見開いた。結局はなにも瞳に映ることはなかっただろう。首を落として、気を失った。

これでよし。二人とも当分、目を覚ますことはあるまい。

本当は気絶させるよりも殺してやったほうが、番士にとってもいいのかもしれない。どのみち、今宵の責任を取って二人は腹を切らなければならなくなるかもしれないからだ。だが、五百両の報酬の中には、番士の命の代は入っていない。

形ばかりに手を払い、外の気配をうかがってから総四郎は窓を抜け出た。

足を運んで、宝物庫の前に行く。

二重になっている分厚い扉を、総四郎は一間ほどの距離を置いて見つめた。

宝物庫はがっちりとした造りで、いかにも頑丈そうだ。仮に大火になっても、中の宝物に害が及ぶことは、まずないだろう。

扉に歩み寄り、総四郎は大きい錠を手に取ってみた。見た目はなかなか精巧そうだが、この程度ならば、開けられないことはない。大名家の宝物庫といっても、大した錠が用いられているわけではないのだ。

総四郎は、襟元《えりもと》の縫い目から簪《かんざし》のような細い金物を取り出した。先端が鉤《かぎ》の手のように微妙に曲がっている。これさえあれば、どんな錠でも攻略できる。

身をかがめ、総四郎は鍵を錠にそっと差し入れた。鍵を少しずつ動かし、気配を嗅ぐように錠を探ってゆく。

しばらく鍵を動かしているうちに、錠がどんな造りになっているか、総四郎ははっきりとつかんだ。

あたりの物音や背後の気配などに注意しつつ、さらに慎重に鍵を使った。

やがて、かちり、と音が立った。

よし。暗闇の中で一人、総四郎はほくそ笑んだ。錠を閂《かんぬき》から外した。

重い扉を開ける前に、懐から取り出した小瓶《こびん》を傾け、敷居際にたっぷりと油を撒《ま》いた。これで扉のきしみ音は消えるはずだったが、よほど長く開けられていなかったのか、少し動かしただけで木がねじれるような音が静寂の幕を切り裂いた。

さすがに総四郎は肝が冷え、背筋を汗が伝った。音を聞きつけて多勢の番士、番卒が今にも駆けつけるにちがいないと覚悟し、宝物庫の横に走り込み、身をひそめた。腰の脇差をいつでも引き抜ける体勢を取る。

息を殺しつつしばらくその姿勢でいたが、人っ子一人あらわれない。風が通り過ぎ、わずかに土埃《つちぼこり》を上げただけだ。

総四郎は拍子抜けした。城内には宿直として大勢の番士が詰めているはずだが、ここまでゆるんでいるのか、と池田内蔵頭に同情するしかない。

これならば、今すぐ本丸御殿に忍び込んでも、内蔵頭を殺せるかもしれない。

そうしたほうが、手間がかからずよいのではないか、という誘惑に駆られる。

だが、今になって手順の変更はしたくない。このまま計画通りに進めるにしくはない。

重い扉を再び動かし、半身が入るだけ開けた。油が染み渡ったか、今度はほとんど音は立たなかった。すぐに扉を閉めた。そうすると、息苦しさを覚えたが、これは気持ちの問題でしかない。

内扉にも錠はついていたが、こちらはずっと小さく、さして精巧でもなかった。

総四郎は、ほとんど時をかけることなく解錠した。

内扉はなめらかに横に動いた。

胸を高鳴らせて、総四郎は宝物庫に入り込んだ。少しかび臭く、真っ暗である。

夜目は利《き》くが、さすがに灯りが必要だ。懐から油紙に包んだ折りたたみ式の提灯を取り出し、総四郎は火打石と火打金を打ち合わせた。大扉を閉めてあるから、音が外に漏れる気遣いはない。灯りが灯《とも》った。

さて、どこにある。

総四郎は目を走らせた。池田家にとって最も大事なお宝だから、いちばん奥まったところにあるのではないか。

――あった。

目に入ったのは三段の刀簞笥《かたなだんす》である。錠つきではない。中に刀は三振り置いてあるが、目を引くものはただの一振りしかない。

こいつだろう。

気持ちを静め、総四郎は手を伸ばした。刀は、保存に適している白鞘にしっかりとおさめられている。

刃長は三尺近くある。正確にいえば、二尺九寸強といわれている。柄《つか》まで合わせれば、四尺近くになる。まさしく大刀である。

総四郎は手にした。ずしりとした重みがあるかと思ったが、意外に軽い。

抜いてみた。

目を奪われた。

提灯の灯が当たり、息をのむ美しさだ。

小乱《こみだ》れを主に小丁字《こちょうじ》、互《ぐ》の目《め》まじり、足、葉の入った小沸出来《こにえでき》の刃文である。

紛れもない。これが天下の名刀、大包平《おおかねひら》である。

売り払ったら、いったいいくらになるのだろう。今度の仕事の代金と同じということは、まずあるまい。

売り手が見つかれば、千両や二千両もの金があっさりと入ってこよう。

それだけの金があれば、今の仕事をやめることもできる。

だが、総四郎にその気はない。やめるとしても、この仕事を終えてからだ。

この天下に隠れもない名刀を盗み出すことこそが、岡山城主池田内蔵頭を亡き者にする第一歩なのだ。

三

はっ、として屋島冬兵衛《やしまとうべえ》は目を開けた。

宿直という役目にありながら、眠ってしまった。

あわてて起き上がる。顔をしかめた。

「いたたた」

右肩と首のあいだがひどく痛む。

なにゆえこんなことに。まるで馬にでも蹴《け》られたかのようだ。寝違えたにしては、ひどすぎないか。

隅の行灯はなにも変わらず、静かに炎を揺らせている。

――おや。

湯飲みが畳の上に倒れているのに、冬兵衛は気づいた。

茶を喫しながら眠気にあらがっていたのは確かだが、湯飲みを転がして寝てしまうほどの眠気だっただろうか。

むう、と冬兵衛はなにか思い出しかけた。肩のあたりがひどく痛むのは、何者かに背後から殴られたからではないのか。

だが、夢のような気もする。

なにしろ、賊がここ本丸まで入り込むということが考えられないのだ。そんな事例は、これまで聞いたことがない。

もし賊が入り込んだとして、どこからか。

窓しか考えられない。

窓は、ちゃんと閉まっている。

同役の二川瀬吉《ふたがわせきち》は仰向けに寝ている。この男にしては珍しく、いびきをかいていない。仰向けのときは、必ず雷のようないびきをかくのに。

起こすか。

いや、もしなにも起きていないのに起こしたら、口うるさく文句をいわれるだけだ。まずは確かめることだろう。

宝物庫の番といっても名ばかりで、いつも平穏なのだ。今夜に限って、なにかあったはずがない。今宵も、いつもと同じ夜に決まっている。

だが、どういうわけか胸騒ぎはおさまらない。悪い予感に押されるように立ち上がり、冬兵衛は外に出た。

番所の戸は開けたままにして、宝物庫に目を向ける。

夜の盛りというべきなのか、漆《うるし》を塗りたくったかのように空は真っ暗だが、行灯の光がわずかに届いて、宝物庫の扉が閉まっているのはわかる。

よかった。なにもなさそうだ。ほっと胸をなで下ろした。

一応、念のために冬兵衛は扉の前に足を運んだ。

愕然とした。扉の錠が外され、閂にぶら下がっているのだ。

――嘘だろう。見まちがいであってくれ。

祈るような気持ちで冬兵衛は錠を手にした。

ああ。体から力が抜けた。

誰がこんな真似を。賊だ。やはり賊が来たのだ。このわしを気絶させたのも賊にちがいあるまい。中の宝物はすべて盗み出されてしまったのか。

手をかけて力を入れると、重い扉は軽く動いた。

宝物庫の扉を開けたことは一度もないが、こんなになめらかなものなのか。油のにおいがしているが、これは賊が撒いたものではないのか。

宝物庫の中は暗く、なにも見えない。きびすを返した冬兵衛は番所の壁にかけてある提灯を手にし、すぐさま火を入れた。

火打石と火打金の打ち合う音が響いたというのに、相変わらず瀬吉は眠ったままだ。

「おい、起きろ」

声も荒くいって、冬兵衛は小太りの体を揺さぶった。

「な、なんだ」

目をこすりながら瀬吉が首を起こす。

「大変なことになった」

「なにがあった」

「いいからついてこい」

「いったいなんなんだ」

苦情を口にしながら、瀬吉が起き上がる。うっ、と胸を押さえた。

「どうした」

「痛いのだ」

わしと同じだ。おそらく、この男も賊にやられたのだろう。いびきをかいていなかったのも道理である。眠っていたのではない。気を失っていたのだ。

「歩けぬか」

「いや、大丈夫だ」

提灯を手に、冬兵衛は宝物庫に戻った。その灯りを頼りに奥へ進む。

どこにも異常はないように見える。荒らされた形跡はどこにもない。

なにも盗《と》られていないでくれ。冬兵衛はひたすら祈った。

「なにがあった。勝手に宝物庫の中に入っていいと思っているのか」

後ろから瀬吉がいったが、すぐに不思議そうにきいてきた。

「おい屋島、どうやって扉を開けた。鍵など持っていなかろう」

「開いていた」

「なんだと」

「二川、なにゆえ胸が痛いのか、考えたか」

「わからぬ。なにかの病か。屋島、なぜそのようなことをいう」

「俺は首のところが痛かった。俺たちは賊にやられたのだ」

「なに」

瀬吉が青ざめた。ごくりと唾を飲む。

「なにか盗み出されたのか」

「今それを調べている」

冬兵衛はいちばん奥まで来た。

「――やられた」

三段の刀簞笥の引出しがすべて開き、一番上にしまわれていた刀がないのだ。

「大包平がなくなっている」

「う、嘘だろう」

瀬吉は信じられぬという顔だ。

大包平は、池田家の家宝といっていい大業物《おおわざもの》である。この世に二振りとない名刀だ。

いったい誰が。考えたところで仕方がなく、冬兵衛は目を閉じた。これが夢だったらどんなにいいだろう。だが、まちがいなくうつつの出来事だ。

「屋島、どうすればいい」

すがるような眼差しを向け、瀬吉が問う。

「わしたちには、もはやどうすることもできぬ。今は届けを出し、沙汰《さた》を待つしかないな」

「沙汰か。切腹かな」

「まずそれしかあるまい」

「わしは死にたくない」

瀬吉の目が泳いだ。

「屋島、逃げるか」

唇を嚙み締め、冬兵衛はかぶりを振った。

「俺たちはそれでいいかもしれぬが、残された家人はどうなる」

その言葉で瀬吉が黙り込んだ。

「とにかく届け出るしかあるまい」

おそらく、辣腕《らつわん》で知られる大目付の神楽権兵衛《かぐらごんべえ》が取り調べに当たるはずだ。

「どうしてこんなことに」

頭を抱え、瀬吉がうめく。

「なにゆえわしの宿直の晩に。うらむぞ。なにゆえほかの日にしてくれなかった」

そんな瀬吉を、冬兵衛はどこか冷めた目で見た。気持ちはわかるが、今さらいっても詮《せん》ないことでしかない。

四

どこに向かっているのか。

半町先を行く参啓の背中を、弥八の目はとらえている。

参啓は今日、非番ではない。午後から城に行くと聞いた。

朝餉のあと俊介の目を診た参啓は、池田家の御典医にもかかわらず従者を連れることなく一人、他出したのだ。

大きな薬箱を持っているが、どこか往診に行くのだろうか。

よく出歩いている様子で、参啓は健脚といってよい。足は速く、もし見失ったら、見つけ出すのに苦労しそうだ。

空は薄灰色に曇っており、陽射しはほとんどない。おかげで涼しく、弥八はほとんど汗ばんでいない。
ずっとこのくらいの過ごしやすさが続いたらありがたいが、もう少しすれば梅《つ》雨《ゆ》がきて、そのあとは暑さがやってくる。
忍びの末裔《まつえい》として暑さに負けることなどないが、ときに秋が恋しくなるのは確かだ。

この涼しさは、十徳を着込んでいる参啓にとってもうれしいことではないか。ただし、その十徳は、あまりよいものとはいえない。参啓ほどの医者ならば、もっと上等なものでもおかしくないのに、なにを好んでかくたびれかけた十徳を着ているのである。

往診ならば、いつも着ているものでいいはずだ。つまりこの道行きは、患者を診に行くためではないのか。だが、それならば薬箱はなんなのか。

そんな弥八の思いをよそに、疲れを見せることなく参啓は西へと歩を進めている。

どこまで行っても、岡山という町は家が建て込んでいる。家並みが果てしなく続いている感じだ。かなり広い町なのは確かである。

この町に、と弥八は思った。いったいどれだけの町人が住んでいるのか。いかにも温暖そうで、暮らしやすそうな町なのは確かだ。池田家の政《まつりごと》に苛烈《かれつ》さはなく、むしろゆるいくらいなのか、行きかう誰もが明るい表情をしている。

ふと参啓が足を止め、まわりを見渡した。直後、脇にある路地にさっと入っていった。

すぐさま追いかけようとしたが、弥八ははたと立ち止まった。路地から、人影がふっと出てきたからだ。一瞬、それが参啓ではないと感じたのは、その者が頭巾をかぶっていたからだ。

弥八は目を凝らした。

あれは紛れもなく参啓だろう。くたびれた十徳は同じなのだ。参啓はなぜ頭巾をかぶったのか。

顔を隠したいとしか考えられない。山陽道随一の目の名医として知られる男が、なにゆえそんな真似をする必要があるのか。

もしや、これからなにか阿漕《あこぎ》なことをしようとしているのか。

御典医の身で裕福な暮らしをしている者が、そんな真似をするものだろうか。

俊介さんが参啓さんのあとをつけるようにいってきたのは、と弥八は考えた。あの御典医がなにかしでかすことを知っていたからだろうか。

だが、命じた俊介の顔はどことなく明るかった。なにかを覚ったような顔つきをしていたが、参啓が悪事をはたらくかもしれないとわかって、あのような朗かな表情ができるものなのか。

参啓のあの頭巾には、きっとなんらかの意味があるのだろう。

なにごともないように足を運んでいた参啓が、また路地に入り込んだ。今度は入ったきり、出てこない。

足を速めた弥八も、その路地に身をさっと入れた。

こちらに背を向けた参啓が、両側が商家の土倉と高い塀になっている、やや暗い路地をまっすぐ歩いてゆく。

路地の突き当たりには、うらぶれた長屋が建っている。木戸の向こうにある井戸端で、少し遅めの洗濯をしている数人の女房の前に、参啓が進み出た。

頭巾をかぶる参啓を見て、女房たちは険しい目を投げるのではないかと思ったが、案に相違して一斉に花開いたような笑顔になった。そこにいた女房のすべてが洗濯の手を止めて立ち上がり、参啓を迎えたのだ。

木戸のかたわらに立つ欅《けやき》の大木の陰に立ち、参啓の様子を眺めていた弥八も、これには仰天した。

「健斎さん、また来てくれたの」

女房の一人が明るい声を上げる。

「うむ、また皆を診てやろうと思ってな。この前は中途で終わってしまったしな。今日はまず大丈夫だろう」

いま、あの女房は参啓のことを健斎と呼ばなかったか。

健斎といえば、と弥八は思い出した。馬子の喜兵衛が、ただで貧しい者の目を診てくれる医者だといっていた。

目だけでなく、本道も外科もこなすとのことだった。

ああ、そういえば、と弥八は思い出した。健斎という医者は頭巾をかぶって患者を診るとのことではなかったか。

つまり参啓が健斎だったのだ。考えてみれば、名も似ている。

『さんけい』は並びを変えれば『けんさい』になる。

参啓が頭巾をかぶったときに、そうと気づかなければおかしいのだ。

相変わらず俺は鈍いな。

この鈍さは、どうにかならないものか。俊介さんならば、参啓さんの頭巾を見た瞬間に覚っていたのではないか。

いや、そうではなく、俊介さんは、はなからこのことがわかっていたのか。だからこそ、俺に参啓さんをつけさせたのか。

心得たもので、長屋の者がいそいそと井戸端に長床几《ながしょうぎ》を運んできた。かたわらに薬箱を置き、長床几に腰かけた参啓が、最初に並んだばあさんの目をさっそく診はじめた。

近所の者たちにも触れが回ったのか、すでにばあさんの後ろには、大勢の行列ができている。

自分の番が回ってくるのを、誰もがおとなしく待っている。

参啓さんは、と弥八はいぶかしんだ。あの者らをすべて診るつもりでいるのだろうか。

きっとそのつもりなのだろう。

午後から城に出仕しなければならないのに、大丈夫だろうか、間に合うのだろうかと弥八は危ぶんだが、にこにこと柔和な笑みを浮かべて診ている参啓と、幸せそうにしているばあさんを目の当たりにしていると、そのようなことはどうでもよくなってきた。

そのまま休みをいっさい取ることなく、参啓は貧しい者たちをてきぱきと診続けた。薬箱から取り出した薬も、惜しむことなく分け与えている。

あれなら、と弥八は思った。金が必要なはずだ。強欲に金を取っているという噂通り、俊介たちも高額の代金を要求されたが、つまりはこういうことだったのだ。

薬は高価で、どれだけ金があっても足りるものではなかろう。参啓は、取れる者から金を取り、それを貧しい者たちに恵んでいくという考えにちがいあるまい。

「よし、終わったな」

すがすがしそうにいう参啓の声が、聞こえてきた。いちばん長いときで十間もあった行列は、きれいに消えていた。

「我ながらよく働いた」

長床几に座ったまま伸びをして、参啓は笑ったようだ。

「健斎さん、昼食は」

参啓に寄り添うようにして、女房の一人がきいた。

「いや、いらん」

参啓の頭巾が左右に振られた。

「せっかくだから、食べていけばいいのに」

「わしとしても食べたいのは山々だが、今日はもう帰らねばならん」

長床几から立ち上がり、参啓は薬箱を持ち上げた。

「ねえ、健斎さんはどこに住んでいるの」

最後に診てもらった男の子がきく。どうやら遊びすぎて膝のあたりを痛めたようだが、手当をしてもらった今、子供らしい元気さを取り戻している。

「もちろん城下さ」

「城下のどこなの」

「そいつは秘密だ。では弘吉《ひろきち》、これでな」

歩きはじめた参啓が長屋の木戸を抜ける。

「健斎さんは、どうしていつも頭巾をかぶっているの」

　参啓の後ろにくっついてきた女の子が見上げる。

「むろん顔を隠すためさ」

「なんでそんなことをするの。あたし、健斎さんのお顔、ちゃんと見たいよ」

「まあ、いろいろとあるんだよ。おとよ、ここまでだ。ついてきちゃいかんよ。もしついてきたら、わしはもう二度と来ることができなくなる」

「うん、わかった。健斎さんともっと話をしていたいんだけど」

「また来る。今度は、もっとゆっくり話ができるようにするからな」

「うん、待ってるよ」

　頭巾の中で、参啓はにこりとしたようだ。おとよという女の子は破顔して立ち止まり、大きく手を振った。

　俊介は深くうなずいた。

「やはりそうだったか」

　すぐに弥八がきいてきた。

「俊介さんは、参啓さんが健斎さんだとわかっていたのだな」

「いや、確信はなかった。だが、よく似た名ではあるなと感じていたから、もしやとは思っていた。偽名は、本名に似たものをつけがちだと聞いたことがある」

「今日、俺に参啓さんのあとをつけさせたのは、健斎という人物が参啓どのであるという確信を得るためだな」

「その通りだ。参啓どのは金に汚いという評判だったが、実際に会ってみて、噂通りの人物ではないと思った。それで、なにか金を必要とするわけがあるのではないかとにらんだのだ」

「さようでしたか」

横で良美がほれぼれといった。

「私はそのようなこと、まったく考えませんでした」

「私もでございます。本当に俊介さまは凄うございます」

勝江が言葉を添える。

「そんなにほめられるようなことではない。凄いのは参啓どのだ」

「本当だな」

感嘆の思いを込めたように、弥八がいった。

「誰もが参啓さんに敬意を払い、感謝の眼差しで見ていた。実に美しい眺めだった」

この目で見てみたかったな、と俊介は思った。だが、そのうちきっと見られよう。

参啓の無償の行いから、俊介は一つの示唆を得たように感じた。患者を無料で受け容れる診療所を、我が領内でもやるべきなのではないか、ということだ。

そのおかげで病人が減り、働ける者が多くなれば、領民の収入も増えるだろう。領民が富めば、自然に真田家も潤うことになる。税をしぼり上げることよりも、領民をいかに豊かにするか、そのことに全精力を傾注する政を行うべきなのではないか。

「岡山には、江戸の小石川《こいしかわ》療養所に当たるものはないのでしょうか」

俊介の思いを読んだかのように、良美がきいてきた。

「ないのだろうな。だからこそ、参啓どのが一人、その役割を担っているにちがいない」

「無償の診療所がないのは残念ですが、参啓さまがいらっしゃる岡山の人たちは、とても幸せですね」

まったくその通りだ。これだけの名医がすぐそばにいてくれる土地など、そうそうあるものではない。

これと同じような幸せを、と俊介は思った。信州松代の地に暮らす者たちにも分け与えねばならぬ。

松代でできるのであれば、いずれ日の本の国すべてに広げることもできるのではあるまいか。

いつの日かきっとそういう日がくる。

俊介の脳裏には、この国に住むすべての者が明るさに満ちた暮らしをしている光景が、くっきりと映し出されている。

五

にらみつけた。

「おい、あまり目に力を入れるな」

横に立つ幹之丞に注意された。

「覚られるぞ」

「こんなに離れているのにか」

参啓の屋敷のはす向かいにちっぽけな神社があり、その境内に純源と幹之丞はいる。すでに岡山の町は闇が覆い尽くしており、近くに見える天守の姿もおぼろげなものになっている。参啓の屋敷からは、灯り一つ漏れこぼれていない。

「そうだ。俊介という男、大名の跡取りと思えぬほど鋭い。今は目が見えなくなっている分、もっと敏くなっておろう」

「そういうものか」

いわれた通り、参啓の屋敷から目を外し、純源は幹之丞を見やった。

「若殿は本当にそこまでの遣い手か」

「おぬしも知っているはずだ。これまですべての刺客が倒されたのだぞ」

ふん、と純源は鼻で笑った。

「一緒にせんでくれ」

「自信は大切だが、あまり自信を持ちすぎぬほうがよかろう」

「過信はいかんか」

「そういうことだ」

腕組みをし、純源は参啓の屋敷を眺めた。今度は瞳に力を入れないようにした。

「目が見えぬ若殿を討つのは、たやすいのではないか」

「そう思うか」

「うむ、思う」

自信満々に純源はいった。

「それだけの自信があれば、やれよう。ところで昨夜、あの屋敷に賊が入ったようだ」

ほう、と純源は目を見開いた。

「まことか。若殿はどうした」

「無事だ。二人の賊はどうやら参啓の金を狙って押し込んだらしいが、目が見えぬはずの俊介は、一人を叩き伏せたらしい」

ふん、と純源は馬鹿にした笑いを漏らした。

「暗闇が幸いしただけであろう。それに、ただの押し込みと俺とは腕がちがうぞ」

「それはわかっている。ならば、今夜、やってみるか」

「やってみたい。まさか二晩続いて、賊が入り込むとは若殿も思うまい」

「なるほど」

「若殿があの屋敷に逗留しているのは、参啓という医者に目を治してもらうためだろう。参啓は、目医者としてきっての名医だというではないか。もし若殿の目が見えるようになったら、そのほうが厄介だ。今のうちに殺《や》っておいたほうがよい」

「だが、あの屋敷の見取り図もないぞ。どこに俊介が寝ているかもわからぬ。それでも殺るのか」

「屋敷など、どこも似たような造りであろう。若殿の寝ているのは、日当たりのよい部屋に決まっておる」

「なぜそう思う」

「話によれば若殿は、並の者とはちがう光を身にまとっているらしいではないか。あの屋敷に世話になるにあたり、身分は明かしておらぬかもしれんが、参啓という者も、若殿がただの侍ではないと見抜いているはずだ。そういう者を最もよい部屋に案内するのは当然のことであろう」

いいながら、純源はそれだけの者をあの世に送るのはもったいない気がしてきたが、背に腹はかえられない。若殿よりも自分の人生のほうがずっと大事だ。

「おぬし、なかなか鋭いな」

幹之丞が感嘆の目で見る。

「見直したか」

うむ、と幹之丞が顎を引いた。

「それだけの頭があるのなら、おぬしに任せよう。もともといつ殺るかは、おぬしの判断だ。今宵、殺れると思うのなら、忍び込めばよい。止めはせぬ。だが、もう一つ問題があるぞ」

「なんだ」

「弥八だ」

「ああ、忍びの技を持つ者だな。そんな者はどうとでもなる。最初に倒してやる」

「得物は棒か」

ちらりと目を当てた幹之丞にきかれた。

「そのつもりだ」

そばの木に立てかけてある棒を、純源は手にした。

「こいつなら、屋内の戦いでもなんら不自由はない」

「すぐにかかるか」

「いや、深夜がよかろう。そうさな、九つだ。その頃合なら、若殿も夢を見てぐっすり眠っておろう。その夢ごと、頭を叩き潰してやる」

ぐしゃり。そんな手応えを、純源は実際に得たように思った。

早くその瞬間がこぬものか。若殿を殺してしまえば、家中に一家を立てることができるのだ。

侍としての生活が自然にできるようになれば、まさに糞のようだった寺での暮らしとも、完全に決別できる気がした。

「そろそろ刻限だぞ」

軽く体を揺さぶられた。

「もう二刻たったのか」

目を開け、純源はそばに立つ幹之丞を見上げた。

「ああ。よく寝ていたな」

「意外に寝心地がよかった」

床の上に立ち上がった純源は、頭を振ってしゃんとした。

「この本殿には、眠りの神がいらっしゃるようだな」

壁に立てかけてある木を手にし、純源は格子戸の向こうを透かし見た。

相変わらず境内に人けはない。それも当たり前だろう。真夜中にわざわざこんなところに来るのは、お百度参りか、藁人形《わらにんぎょう》に釘を打ちに来る者だけにちがいない。

「行くか」

幹之丞にうながされ、純源は棒を下げて外に出た。ひんやりとした風が流れている。

「意外に冷えているな」

「寒いのか。寝たせいで、風邪でも引いたのではあるまいな」

「いや、そんなに柔ではない。案ずるな」

足を前に出した純源は敷石を踏んで、鳥居の下を抜けた。後ろを幹之丞がついてくる。

「では、行ってくる」

気軽い調子でいって右手を挙げ、純源は道を渡りはじめた。

「頼むぞ」

「任せておけ」

背中で答えて、純源は参啓の屋敷の前に立った。

塀は低い。忍び返しがあるわけでもない。

地を音もなく蹴り、純源はひらりと塀の上に立った。すぐに庭に降り立つ。またも音は立たなかった。

茂みに身をひそめ、母屋を眺めた。

若殿はどこにいるのか。

「あそこだな」

純源はつぶやいた。

南側に突き出す形で、座敷が一つあるのがわかる。あそこならば日当たりもよく、貴人をもてなすには恰好《かっこう》の部屋ではないか。

片膝をついた姿勢で、純源は屋敷の気配を改めてうかがった。

なにも妙なところはない。静かすぎるくらいだ。

気づかれてはいないか。

いない、と純源は判断した。いやな雰囲気はどこにもない。若殿やお付きの者は、安らかに眠っているのだ。

よし、行くぞ。

自らに気合を込める。茂みを出た純源は目当ての座敷に向かって走った。あっという間に距離が縮まり、ほんの半間ほどになった。

立ったまま棒を握り締め、純源は目を静かに閉じた。

中の気配はわからないが、相変わらず静謐《せいひつ》の幕が下りている。平静な気が屋敷を覆っているように感じられる。

目を開き、純源は腰高障子を見つめた。

――見えた。
足を踏み入れたわけではないが、中の様子が手に取るようにわかったのだ。
衝立障子の置かれている手前に若殿と弥八が眠り、向こう側は二人の女だ。
若殿は衝立のそばで眠っている。
まちがいない。純源は確信した。
――行くぞ。
地面を蹴り、腰高障子に向かって純源は突進した。
ばり、と腰高障子を破り、座敷に一気に入り込んだ。
二つの布団が並んでいる。弥八の布団を飛び越えざま、純源は棒を振り下ろした。
棒が打ったのは枕だけだ。
いない。若殿がいない。
どこに行った。
「きさま、なにやつだ」
背後から声が聞こえ、純源はさっと振り返った。男が立っている。得物は脇差だ。こいつは弥八だろう。声に深みがあまりない。

若殿はどこだ、といいそうになって純源はすぐにいい直した。

「俊介はどこにいる」

「答える必要はなかろう」

冷たい声が返ってきた。

「うぬ、俺を待ち構えていたようだが、いつ来るとわかった」

「二刻前だ」

つまり、見つめすぎていたわけか、と純源は顔をゆがめた。幹之丞のいう通り、油断ならない連中だ。

「死ねっ」

突っ立っている姿勢から、純源は片手で棒を突き出した。目にもとまらぬ速さの突きで、弥八は面食らったらしいが、かろうじてかわしてみせた。

だが、体勢が崩れている。純源は突っ込み、上から棒を振り下ろしていった。

棒は弥八の横顔を潰すはずだったが、がつ、という音とともに弾《はじ》き返された。

刀らしい一筋の光が純源の目に入っている。刀を手にした人影が、衝立の脇に立っていた。

これが若殿か。

なるほど、人を圧するものがある。威厳というやつか。やはり人とはちがう。並の者ではない。目が見えないはずだが、まるで見えているかのように、こちらに顔を向けている。これまで人相書でしか顔を見ていないが、絵とはだいぶ異なる。闇のせいで顔立ちははっきりしないが、本物のほうがいい男のように思える。

立ち姿だけを見ていると、まちがいなく名君になれる素質があるように感じられる。だが、ここは殺すしかない。

そうするしか、俺が生きる道はない。

弥八に勝負は任せ、若殿は、これまで衝立の陰にひそんでいたというわけか。

情けないやつだ。引導を渡してやる。

どうりゃあ。

気合をかけて、純源は棒を振り下ろした。

またも、たやすく弾き返された。大した膂力《りょりょく》があるように見えないのに、若殿は実に力強く刀を振ってくる。

これは、考えが甘かったかもしれん。

そんなことを思っていたら、背後から殺気が巻き起こった。

——弥八だ。

純源は素早く左に逃げ、弥八の脇差をかわした。

——ええい、ここは退散するしかないようだ。

純源は顔をしかめた。二人を相手にしては、勝てそうにない。

幹之丞のいう通り、弥八がかなり厄介だ。こいつをなんとかしないと、若殿を討つことはできそうにない。

若殿を目の前にして逃げ出すなど、いまいましいことこの上ないが、今はしようがあるまい。

体をひるがえすや、純源は座敷を抜け出た。

弥八が追ってくるかと思ったが、若殿のそばに貼りついたままのようだ。若殿を一人にする気はないのだろう。

純源は塀を越え、通りに降りた。鳥居のそばに立つ幹之丞が見えた。どこか心配そうにしているのが、腹立たしい。

幹之丞にしくじりを告げるのはつらいが、仕方あるまい。

それにしても、と純源は覚った。若殿が衝立の陰に隠れていたのも策のうちだったのだろう。

最初は弥八に俺の相手をさせ、もし危うくなったら自分があらわれ、こちらの目を引き寄せる。

俺の背後がお留守になる。そこを弥八が襲いかかるという寸法だ。

してやられた気分だ。

今度は若殿を襲う前に、もっと慎重にいかねばならん。今宵はちと逸《はや》りすぎたのだろう。

だが、と純源は思った。次は決してしくじらん。

必ず若殿を地獄に突き落としてみせる。

第三章　頻闇《しきやみ》に飛ぶ

一

足音に眠りを破られた。

ただならなさを覚えた神楽権兵衛《かぐらごんべえ》は、素早く布団の上に起き上がった。もともと、盗まれた大包平のことが気にかかっており、眠りは浅かった。

妻を呼ぼうとして、権兵衛はとどまった。大包平が盗まれた喫緊時だけに、自分はいま座敷に一人で寝ているのだ。

足音がぴたりと止まり、襖の向こうから近臣の声がかかった。

「殿」

「どうした」

「妙なものが届きました」

「入れ」

はっ、と近臣が襖を開け、にじり寄る。矢を手にしていた。

「なんだ、それは」

「玄関先に突き立っておりました」

受け取り、権兵衛は矢を見つめた。文《ふみ》がついている。

「矢文か」

誰が放ったのか。考えるまでもなかった。わざわざこのような手を使わねばならない者に決まっている。

矢から文を外し、権兵衛は手のうちで広げた。じっと目を落とす。

「むう」

一読して、権兵衛はうなり声を発した。

「殿にお目にかからねばならぬ。今より城にまいるぞ。支度せい」

城に着いて、すでに四半刻が過ぎようとしている。

大急ぎで登城した大目付《おおめつけ》が殿に会わせるようにいったのに、待たせるとはいったいどういう料簡《りょうけん》なのか。

おそらく、と権兵衛は思った。まだ殿がお目覚めになっていないのだろう。

内蔵頭は朝に強いとはいえない。若い頃に比べればだいぶ改まったとはいえ、六つ前に起きたことなど一度もないだろう。

しかし、上の者というのはなぜこうも平然と人を待たすことができるのか。もし自分が待たされる側になったら、きっと激怒するにちがいないのだ。いや、我が殿はそのようなお方ではない。

そんなことを考えつつ権兵衛が控えの間で待っていると、やっと呼び出しがあった。

控えの間を飛び出し、対面所に急いだ。だが、当然といわんがごとく、上座は無人だった。

それからさらに四半刻ばかり経過したのち、ようやく内蔵頭が対面所に姿をあらわした。

「権兵衛、こんなに早くどうした」

脇息《きょうそく》にもたれて、内蔵頭がのんびりした声音できく。ついさっきまで布団の中にいたのがはっきりと知れる、眠そうな顔をしていた。後ろに二人の小姓《こしょう》が控えている。

「さして早くもございませぬ。すでに六つを過ぎております」

「そんなに怒るな、権兵衛。待たせて済まなかった」

「怒っているわけではありませぬ」

身を乗り出し、内蔵頭が見つめてくる。

「ふむ、辣腕で知られる大目付が余の前にあらわれたか。大包平の件だな」

「御意《ぎょい》」

うなずいて権兵衛は膝行《しっこう》した。

「これを」

手を伸ばし、文を差し出した。手に取った内蔵頭が、これはなんだというように首をひねる。

「大包平を盗み取った者が、矢文にてよこしたものでございます」

「なにっ」

いつもの温和さが嘘のように、内蔵頭が険しい顔つきになる。眉根に太いしわが盛り上がるように寄っていた。眠気も吹き飛んだようだ。

文を開き、内蔵頭が読みはじめた。目がしきりに動いて文字を追っている。

内蔵頭が読み終えるのを、権兵衛はじっと待った。

文の最初には、大包平を返してほしくば、池田内蔵頭を従者と二人で西川原に来させよ、という意味のことが書かれている。

その次に、条件が記されていた。金二千両を内蔵頭が持ってくるように、とあり、大包平は二千両と交換する、と続いていた。交換の刻限は、明日の暮れ六つとなっていた。

「西川原か」

つぶやいて、内蔵頭がきゅっと唇を引き結んだ。

西川原は、後園の後方に広がっている原っぱのことを指す。以前、旭川はもっと東寄りを流れていたが、岡山城本丸の防ぎのため、戦国の昔に宇喜多秀家が流路を変え、外堀の役割を担わせるようになった。

そのために西川原は旭川の東側に位置を変えたが、旧名が今もそのまま残っているのである。

「それで権兵衛」

顔を上げ、内蔵頭が言葉を発した。どこか心細さが顔にあらわれている。

「余は従者と二人で、西川原へ行かねばならぬのか」

「滅相もない」

腰をわずかに浮かせた権兵衛は、右手をばたばたと振った。

「殿を行かせるなど、そのようなこと、できるはずがございませぬ」

「そうか」

安心したように小さく笑みを見せた内蔵頭が、脇息に体を預けた。

「だが権兵衛、文には余が従者と二人で来るように書いてあるのに、その通りにせず大丈夫か」

「平気でございます。賊のいうことなど、守る必要はありませぬ」

「守らぬで、大包平が返ってこぬということにはならぬか」

「大包平はなんとしても取り戻します。殿、我らがとにかくすべきことは賊を捕まえることでございましょう。捕まえ、大包平のありかを吐かせてしまえば、それで万事、解決いたします」

「賊は、本当に二千両と大包平を交換する気でいるのだろうか」

「まちがいなく、その気でございましょう。我が備前池田家中から大金を引き出すために、大包平を盗み出したのでしょうから」

「賊の目当ては金か。権兵衛、二千両の都合はつくか」

「さあ、いかがでございましょう」

さすがに権兵衛も首をひねらざるを得なかった。

「それがし、台所の事情に関しては、ほとんど存ぜぬものですから」

「ありがたいことに岡山は物なりのよい土地ゆえ、我が家《いえ》はさして困窮しておらぬが、二千両をぽんと出せるほど裕福でもなかろう」

「御意にございます。されど、はなから二千両を用意する必要はございませぬ」

「偽金を持ってゆくのか」

「偽金というより、二千両に見せかけたものということになりましょう」

「それを誰が持ってゆく」

「影武者を使います」

その言葉を聞いて、内蔵頭が刮目《かつもく》した。

「そのような者が家中にいるのか」

「おりませぬ。影武者と申しましても、ただ殿に身なりを見せかけるだけにございます。顔は頭巾で隠します」

「そのような役目、誰にやらせるというのだ」

「それがしに心当たりがございます」

「いうてみよ」

「例の宝物庫番所の番士でございます」

権兵衛がさらりというと、むっ、と内蔵頭が目を見開いた。

「あの二人にやらせるというのか。二人の名は確か……」

「屋島冬兵衛と二川瀬吉にございます」

「おう、そうであった」

「殿は、あの二人にはやらせぬほうがよいと、お考えにございますか」

「余としては、あの二人の命は助けたいという思いがある。影武者は、おそらく最も危うい役目となろう。もし金が本物でないと賊に知れれば、命がなくなることも考えられよう。そのような役目、できれば誰にもやらせたくはない」

「そのお考え、まことに殿らしくいらっしゃいます」

権兵衛は頭を下げた。内蔵頭という男は慈悲深い。それがために、心より慕っている家臣が少なくない。

「家臣が大事という殿のお気持ちは、それがしもよくわかります。さりながら、やはり宝物庫を破られた責任は取らせぬとなりませぬ。さもなければ、家中への示しがつきませぬ」

「ふむ、そうか。示しか」

「それには、影武者は恰好の役目ではないか、と存じます。うまくしてのければ、宝物庫を破られた責めは帳消しになり、二人とも死は免れることができましょう」

「うむ、二人ともうまくやってくれたらよいな。して権兵衛、手はずは」

はっ、と権兵衛は顎を引いた。

「あらかじめ西川原に伏勢をひそませておき、金を受け取りにのこのことやってきた賊を、一気に捕らえるのがよろしかろうと存じます。賊が大包平を持ってきているのならばその場で奪い返し、持ってきておらぬのならありかを吐かせます。それしか手はないものと、それがし、勘考いたします」

「なるほど。そうなると、先陣を切るのは影武者と従者をつとめる二人ということになるな。見事、手柄を立ててくれたらよいが」

ほっそりとした顎を上げ、内蔵頭が天井を見つめる。

「権兵衛、うまくいくとよいな」

うまくいくに決まっている。

権兵衛はすでに確信している。

必ずや賊を引っ捕らえ、獄門に処するのだ。

権兵衛の頭にはそれしかなかった。

二

徒目付《かちめつけ》は仁淀星《によどほし》右衛門《えもん》と名乗った。

それを受け、俊介は名乗り返した。

「俊介と申す。こちらの三人は供の者」

手のひらで弥八と良美、勝江がいるほうを指し示す。

庭に面した障子は開けられ、朝の陽射しが畳を明るく照らしているようだが、俊介はそのことを感じ取れない。相変わらず目の前には、暗黒が広がったままだ。

「俊介どの、障子が開いているのが気にかかっておられるようだが、閉めたほうがよろしいか」

星右衛門にきかれ、俊介は首を横に振った。

「いや、けっこうだ。徒目付どのが障子を開け放ったのは、庭で聞き耳を立てる者がひそむことを避けたゆえだろう」

「俊介さん、もしや明るさが感じ取れるのか」

期待を込めた口調で弥八が問う。俊介はかぶりを振った。

「いや、そのようなことはない」

「そうか」

残念そうに弥八が口を閉じた。

「――俊介どの、姓は」

星右衛門がきいてきた。

「それは勘弁願いたい」

星右衛門のほうへ顔を向け、俊介は静かに告げた。

「なにゆえ」

星右衛門が、鋭い眼差しを投げてきたのがわかった。

「障りがあるゆえ」

「どのような障りでござろう」

「すまぬが、それもいえぬ」

もの問いたげに星右衛門が、弥八たちに顔を向けたようだ。もちろん、弥八たちは無言を守っている。

あきらめたらしく、軽く咳払《せきばら》いした星右衛門がいう。

「それでは本題に入らせていただく。俊介どの、昨夜、襲ってきた者は何者でござろう」

「それがわからぬのだ」

これは真実である。似鳥幹之丞の手の者という筋がいちばん濃いのは確かだが、そのことを星右衛門に告げても仕方ないだろう。

「心当たりもないのでござるか」

「昨夜の賊は、これまで俺の前にあらわれたことはないと思う。やつは棒を得物にしていた。棒術の達者に会ったのは、初めてだ。初めての者に対し、心当たりは持ちようがない」

「なにゆえ、その棒術の達者は俊介どのを襲ったのでござろう」

「俺の命を欲する者がいるということだろうな」

「それは、誰かに依頼されてということでござるか。昨夜の賊は、金目当てではないのでござるか」

「金目当てなら、一昨日の賊のように参啓どののほうを狙うだろう」

「金目当てでないとして、なにゆえ俊介どのは、命を狙われるのでござろう」

「俺の出自が関係しているのかもしれぬ」

「俊介どのは、どのような出自でござるか」

「申し訳ないが、それもいえぬ」

「障りがあるからでござるか」

「そういうことだ」

星右衛門がわずかに間を置いた。

「俊介どのは、どこの出でござるか」

「江戸だ」

「今も江戸に住まわれているのでござるか」

「そうだ」

「江戸のどこでござろう」

「外桜田《そとさくらだ》だ」

「外桜田といえば――」

言葉を切り、少し考えたらしい星右衛門が続ける。

「お大名の上屋敷や武家屋敷ばかりが建ち並んでいるところではござらぬか」

「よく知っているな」

「参勤交代で、江戸には二度ほどまいりもうした。そのとき暇に飽かせて、さんざん江戸見物をいたしたゆえ。もしや俊介どのは、どこぞの大名家のお身内では」

「さて、どうかな」

「どこの大名家なのか、教えていただけぬか」

「答えられぬ」

「大名家のお身内であることは、否定なさらぬのでござるな」

「おぬしはどう思う」

よく光る目で、星右衛門が見つめてきたようだ。

「俊介どのは、どこか人と異なる光彩に包まれていらっしゃるような感じがいたす。これはやはり普通の身分の人でないことをあらわしているのではないかと、それがしには思えもうす。もちろん、身分の高いお方のすべてが、光彩に包まれているわけではないのでござろうが、俊介どのはどこぞの大名家のお身内と見て、まちがいないと存ずる」

「もし俺が大名家の身内だとしたら、仁淀どのはどうする」

「まず、上の者にお知らせすることになりもうそう。どこぞのお大名のお身内がここ岡山の地にいらっしゃり、しかも御典医の屋敷にお身を寄せておられる。そのことを、上の者に知らせぬわけにはいきもうさぬ」

「それはそうだろうな」

俊介は同意してみせた。

「俊介どの、どこのお大名であるか、まこと教えてはくださらぬのか」

「大名の身内ではないかもしれぬぞ」

俊介の言葉を、星右衛門はさらりと受け流した。

「仕方ありませぬ。そのことは、今は措いておくことにいたそう。俊介どのは、江戸から岡山にいらしたのでござるか」

「そうではない。まず九州に赴き、その帰りに岡山に寄ったのだ。参啓どのの治療を受けるためだ」

「岡山にいらした理由は、わかりもうした。俊介どのは、なにゆえ九州へいらしたのでござるか」

「ちと用事があった」

「その用事について、聞かせていただいてもよろしいか」

これについては隠し立てする必要はあるまい、と俊介は判断した。

「おきみという供の者がいた。そのおきみの母親が重い病にかかっており、我らは長崎までその病の著効薬を取りに行ったのだ。無事に薬を手に入れ、母親のもとに帰すために、おきみは一足早く船で江戸に向かった」

おきみが六歳の女の子であることは、語る必要はあるまい。

「俊介どののたちは、そのおきみどのと一緒に江戸へ帰らなかったのでござるな。なにゆえでござろう」

「せっかく九州までの長旅に出たのだから、見聞を広めるためにも歩いて江戸まで帰ることにしたのだ」

俊介の寵臣《ちょうしん》だった寺岡辰之助《てらおかたつのすけ》の仇《かたき》である似鳥幹之丞を討つため、陸路を行くことにしたとはいえない。

「ただ薬を取りに行くにしては、なかなかの大人数でござるな」

「長崎までの長旅ということで、同行を希望する者が少なくなかったのだ」

「人数が多ければ、その分、費えもかかりもうそう」

「それは仕方のないことだな」

「俊介どのは裕福なのでござるな」

「そうでもないが、今の人数で旅を続けるだけの金は所持しておる」

さようか、と星右衛門がいった。

「参啓どのの治療を受けるために岡山にいらしたとおっしゃったが、俊介どのは、生まれつきお目が見えないのでござるか」

「いや、そうではない」

「なにゆえ目が見えなくなったのでござるか」

徳山宿でのことが、俊介の脳裏に一気によみがえってきた。畳に倒れ込んだ瞬間のことまで思い出した。あのとき最後に耳に届いた、俊介さまっ、という悲痛な声は良美のものだ。

いったい誰が俺の汁物に毒を仕込んだのか。やはり、似鳥幹之丞の息のかかった者の仕業か。だが、似鳥は槍の遣い手を刺客として送り込んできているだけで、毒という手立てを用いる気はないのではないか。毒で俺の命を狙ったのは別の者ではないか。俊介はそんな気がしている。

いずれにしろ、と俊介は思った。毒を飼った者を八つ裂きにしてやりたい。この手で首をねじ切りたい。

「俊介さま」

それまで沈黙を貫いていた良美が、心配そうな声をかけてきた。

「大丈夫でございますか」

「良美どの、平気だ。案ずることはない」

込み上がってきた感情を全身で抑え込み、俊介は良美にいった。それから星右衛門に静かに告げる。

「俺は毒を飼われたのだ」

「なんと――」

まったく考えもしなかったことのようで、星右衛門が相当の衝撃を受けたのが知れた。

「俺が毒のせいで目が見えなくなったことを、参啓どのから聞いておらぬか」

俊介のその言葉で、星右衛門は冷静さを取り戻したようだ。

「参啓どのは、患者のことについてはいっさい口になさるお気はないようでござる。俊介どのに毒を飼った者は、いったい何者でござるか」

「まだわからぬ」

無念の思いとともに俊介はいった。

「まだ捕まっておらぬのでござるな」

「そういうことだ」

捕らえたい。だが、この瞬間も、毒を飼った何者かは大道を闊歩《かっぽ》しているのだろう。

憤怒《ふんぬ》の思いが大風となって、俊介の胸中を吹きはじめた。

ここで怒っても、いいことはなにもない。怒りは体によくないとも聞く。体内の毒を勢いづけるだけではないか。

息を静め、俊介は平静さを取り戻そうとした。

「俊介どのが毒を飼われたのは、どこにいらしたときでござろう」

星右衛門の問いが耳に飛び込んできて、俊介はすぐさま答えた。

「ほう、徳山宿でござるか。毛利家の領内でござるな。俊介どの、毒を飼った者と昨夜の襲撃者が同じとは考えられぬのでござるか」

「考えられぬことはないが、俺は、ちがうのではないかと思っている」

「なにゆえそういうふうに」

「今のところは、勘でしかない」

「勘でござるか。人として最も大事なものかもしれませぬ。これまでの人の営みにおいて、勘一つで生死が分かれたことが、どれほどあったことにござろう」

「確かにな。毒を飼われたとき、俺は勘が働かなかったということだ」

「俊介どのは、いかにも勘がよさそうに見えるが。――いや、これは慰めにもならぬ言葉でござるな。失礼した」

その後、星右衛門はしばらく無言でいた。

「弥八どの」

不意に、俊介の背後に控える弥八に向かって声を放った。

「なにかな」

驚いたようだが、弥八は声音に出すことなく落ち着いてたずねた。

「昨夜の賊をご覧になったか」

「むろん。俊介どのとともに戦ったゆえ」

「賊の顔は」

「見たが、正直いってよくわからん。顔を見極めるのには、さすがに暗すぎた」

「人相書を描きたいのだが」

うーむ、と弥八がうなる。

「ちと難しかろう。頭巾などはかぶっていなかったが、今いったように顔つきはほとんどわからなかったからな」

「顔つきは無理でも、体つきはいかがか。背丈はどのくらいだったかな」

「五尺二寸ほどか。ややほっそりとしていたが、腕は太く、肩の盛り上がりはなかなかのものだった」

そういう男だったのか、と俊介は思った。

「年齢は」

「まださほど歳はいっていないのではあるまいか。せいぜい二十代半ばくらいのように思えた」

だとしたら、この俺より少しだけ上でしかないではないか。

「ほかに気づいたことは」

星右衛門にきかれて、弥八は考え込んだようだ。

「足さばきなど、やつは進退についてとてつもなく敏捷《びんしょう》だった。よほど鍛え込んでいるものと俺は見た」

「忍びのような男と見てよろしいか」

「忍びとはちがうような気がするが、あの敏捷さには目をみはらされた。逃げ足も恐ろしく速かった」

「弥八どのは棒術の達者とやり合ったことは」

「ない。俊介さんと同じで初めてだ」

「ちと話を変えてようござるか。弥八どのは俊介どののことをさん付けで呼ばれているが、供の者ではないのかな。友垣でござるか」

「俊介さんに仕える家臣とはいいがたいが、供の者であるのはまちがいない」

「さようか」

今の答えで星右衛門が納得した様子はない。新たな問いを俊介たちにぶつけてきた。

「賊が用いていたのは樫《かし》の棒でござるかな」

「まちがいなくそうだろう」

弥八が断じた。

「長さはおよそ六尺。確か間棒《けんぼう》と呼ばれているはずだ」

「確か丸木の棒でござったな」

「そうだ。威力は相当のものだ」

弥八の言葉で、刀で打ち払ったときの衝撃を、俊介はまざまざと思いだした。

「さようでござろうな」

息を入れ直した星右衛門が口を開いた。

「俊介どの、弥八どの、ほかに気づいたことはありもうすか」

「いや、なにもない」

俊介のことを考えてか、もうこの聴取を終わりにしたいようで、弥八が即座に答えた。

「俺もない」

俊介が続くと、さようか、と星右衛門がいった。それでも、まだなにかきくべきことがないか、と思案している様子だった。結局、これといって思いつかなかったようだ。

「俊介どの」

穏やかな声で星右衛門が語りかける。

「率直に申し上げて、我らに昨夜の賊を捕らえられるかどうかは、わからぬ。城下の宿改めを行うなど、全力は尽くす所存でござるが、あまり期待はされぬほうがよい」

「うむ、よくわかっている。池田家の家中での出来事ならば、仁淀どのは必ずや解決に導くにちがいあるまい。だが、こたびの件に関しては、さすがに手がかりがなさ過ぎる。俺たちももっと力を貸すことができればよいが、なかなかそうもいかぬ。申し訳ないと思っている」

これで聴取を切り上げ、星右衛門は参啓の屋敷を去っていった。

門まで星右衛門を見送りに出た弥八が戻ってきた。

「今の徒目付だが、なかなかの切れ者だったな」

「うむ。たたみかけてくるところなど、やはり心得ていた。いかにも徒目付らしい男だった」

「本当にすごい迫力でした」

勝江がわずかに声を震わせた。

「勝江、それほど迫力を感じたのか」

「それはもう。怖いくらいでした」

「私も勝江と同じです。私が仁淀どのの聴取を受けていたら、俊介さまのように冷静な受け答えなど、とてもできなかったでしょう。悪いことをしているわけではないのに、私は本当にはらはらいたしました」

「良美どの、俺は悪いことをしているのだ」

笑みを浮かべて俊介はいった。

「大名の嫡男にもかかわらず、こうして江戸を抜け出しているのだからな」

「露見したら御家取り潰しか」

後ろから弥八がきく。

「さすがに取り潰しまではないのではないか。父上は老中までつとめられたお方だ。それだけの家を、あっさり取り潰しにはできぬだろう。どの程度の裁きが下されるか、そのあたりのことを十分に見極められて、俺が辰之助の仇討《あだうち》旅に出ることを、父上はお許しになったのだと思う」

廊下をやってくる足音が聞こえた。あれは、と俊介は思った。参啓どののものだろう。

目が見えなくなってから、人の足音まではっきりと聞き分けられるようになった。人というのは、不思議な力を持っている。一つの力がなくなったり弱まったりすると、別の力が自然に湧き出て、補おうとするのだ。

「俊介どの、開けてもよろしいか」

襖越しに参啓の声が響いた。

「参啓どの、入ってくだされ」

「失礼する」

襖が開く音がし、参啓が俊介の前に進んできた。裾をととのえて正座する。

「御目付どのと、ずいぶん長く話をされていたな」

「賊のことだけでなく、俺たちのことに興味を抱いてたっぷりと聞いていったゆえ」

「わしも俊介どのが何者か、実に気になっておる」

「参啓どの、知りたいか」

「もちろん。教えていただけるのか」

「それはいずれ」

「いずれか」

参啓は苦笑いをしたようだ。

「その返事の場合、だいたいは教えてもらえんな」

「時がきたら、必ずお伝えする」

「では期待して待っておこう。俊介どのは嘘をつく男には見えん」

参啓が居住まいを正したのがわかった。

「よし、俊介どの、目を診せてもらおうか」

うなずいた俊介は背筋を伸ばし、両手を膝に置いてかしこまった。

ろうそくを近づけて俊介の目を大きく開き、参啓がじっくりと診ているのが感じ取れる。

「よし、今日はここにある薬を差すぞ。わしが俊介どののために、特別に調合したものだ。効き目があるとよいが。どれ、俊介どの、天井に顔を向けてくれるか」

俊介はいわれた通りにした。

まず右目に薬が流し込まれる。そのとき、くすっと参啓が笑いを漏らした。

「参啓どの、なにを笑う」

「いや、自分の言葉に笑ってしまったのだ」

「今なにかおかしいことをいったか」

今度は左目に薬が注がれはじめた。

「特別に調合した薬、というのは医者の常套句《じょうとうく》だ、と思ってな。わしは俊介どののためだけにこの薬を調合したが、他の医者は患者をうれしがらせるために、なんの変哲もない薬をこう呼んだりするのだ。いや、笑っている場合ではないな。だんだん腹が立ってきた。——よし、今日の薬はこれで終わりだ。これは目にたまっている毒を取るための薬だ。少しは視野が明るくなってくれるとよいのだが」

参啓が、頬や顎に流れ出た薬を丁寧に拭いてくれた。

なんともおもしろい人だな。それと同時に、目が少しだけ楽になったのを俊介は感じた。

「どうかな、俊介どの、新しい薬は」

「うむ、実に効いている感じがする。目がすきっとしている。目についていたかさぶたが、取れたような気分だ」

「それは重畳」

横で良美もほっとしているようだ。

「参啓どの、他の医者といえば、健斎どのという医者についてはどう思われる」

これはいかにも意地の悪い質問だな、と俊介は後悔し、すぐに取り消そうとした。

「健斎のやっていることは悪くない。わしのやりたいことでもある」

「すまぬ、参啓どの」

俊介は頭を下げた。

「俊介どの、なにゆえ謝られる」

「実は俺は、参啓どのが健斎どのであると知っているのだ」

「な、なに」

愕然とした参啓の顔が見えるようだ。

「なにゆえそれを」

「事前に聞いていた評判と、実際の参啓どのがあまりにちがうと思った。それがため、昨日、参啓どのが他出した折り、弥八にあとをつけさせたのだ。人のことを勝手に調べるなど、まことに申し訳ないことをしたと、今は反省している。この通りだ」

こうべを垂れ、俊介は畳に両手をそろえた。

「俊介どの、お手を上げてくだされ。別に謝られるようなことではない。実のところ、参啓が健斎ではないかという噂はすでに立っているのだ。いくら頭巾で顔を隠そうと、ごまかしきれるものではない」

そこまで聞いて俊介は、参啓のほうに顔を向けた。

「そうなのか」

「そうなのだ」

微笑したらしい参啓が続ける。

「健斎が参啓であることは、家中でも知っている者が少なくないようだ。御典医が領内の者たちに施しを与えることは、主家の評判を上げるためにもよいことである、とほとんどの者が考えているらしい。おもしろくないのは、岡山城下の医者たちだろう」

「商売あがったりということか」

「もともとわしが相手にしているのは、医者に金を払えん者たちばかりだったが、やはりただともなれば、それまで医者に診てもらっていた者たちも、わしがやってくるのを心待ちにするようになったのだ。商売が振るわなくなった者は、いくらでもいるのではないか」

ふう、と参啓が疲れたような息をついた。

「他の医者たちにできるだけ影響が出んようにと、日をしぼったり、あまり医者がいない町に行くのを心がけたりしているのだが、さほど効き目はないのかもしれん」

「参啓どの、これまで身の危険を感じたことはないのか」

「なくはないが、さすがに本当に害してくることはない。わしが御典医であるということを知らぬ医者はおらん。御典医に手を出したら、ただではすまんからな」

「町人たちのほうは、健斎という医者の正体を知らぬのか」

「そうさな、まだ知らん者が多いかかな」

そうか、と俊介はいった。

「ところで参啓どのは、なにゆえ貧しい者たちに施しをはじめたのだ」

参啓の思いを聞いておけば、俊介が真田家を継いだとき、為政の役に立つのではないだろうか。

「理由か」

つぶやくようにいって、参啓が唇を湿したのが知れた。

「わしは、もともと貧しい家の出だ」

「というと」

「錺《かざり》職人のせがれなのだ。父親の腕は悪くなかったようだが、仕事にあまり熱心ではなかった。というよりも、紛れもない怠け者だった。そのため家はいつも貧しく、父親と母親の諍《いさか》いが絶えなかった。それを見るのがいやで、わしはいつも近所の家に逃げ込んでいた。それが医者の家だった」

そのことが医者を志すきっかけになったのだろうか、と俊介は思った。良美や弥八、勝江も同じように感じたにちがいない。

「その医者は目医者だった。ただ、酒に目がなくてな。普段はまったく口にしないのだが、いったん飲みはじめると、とことん飲まずにはいられなかった。最後は正体をなくし、泥酔というのがお決まりだった」

参啓が悲しげに首を振ったようだ。

「それと、女にだらしなかった。それでもな、仕事をはじめると、ほれぼれするほど男らしかった。わしは憧《あこが》れたよ。十二のとき、わしはその医者に丁稚《でっち》奉公をすることになった。口減らしができて、二親はむしろ喜んでいた」

だからといって、と俊介は思った。参啓どのが、すぐさま目医者になれたわけではあるまい。順風満帆とはいかなかったはずだ。

「丁稚奉公をしながら、わしはお師匠であるその医者に厳しく育てられた。どんな仕事でも手抜きは一切、許されなかった。もし手抜きが見つかれば、こっぴどく叱《しか》られたものだ。おかげで、常に全力を尽くすというのが習い性になった」

妥協を許さない厳格な人物に鍛えられた者は、将来、必ず使い物になる。修業中は逃げ出したくなるほどきついだろうが、あとになって師匠の教えがいかにありがたいものだったか、身にしみるのではないか。

「門前の小僧習わぬ経を読む。これに似たようなもので、お師匠のそばにいるだけでわしにも医術が少しずつわかってきた。長ずるにつれ、わしは患者を任されるようになっていったが、お師匠からは、どんな患者でも心を込めて診ることを求められた。それに加え、なんでも工夫するということが、なにより大事であることも教えられた。お師匠は、とにかく暇さえあれば書物を読んでいた。目によいというものなら、なんでも自分で試していた。何種もの薬を自分で編み出し、患者のために役立ててもいた」

「凄いお医者だったのだな」

「わしなど、いまだに足元にも及ばないのではないかと思う。ただ、酒好きと女癖だけは一向に治らなかった。それだけ目医者という仕事が精神に緊張をきたすものだったという証だろうが、あの二つの悪い癖だけはなんとか直してほしかったと今でも思っている」

「そのお医者は今どうしている」

「だいぶ前に亡くなった」

「それは残念だ」

酒にだらしなかったということから、体を壊した末に亡くなったのかと俊介は思ったが、参啓は思いもかけないことを告げた。

「殺されたのだ」

「なんだって」

高い声を上げたのは、弥八だ。

「なぜそのようなことになったのですか」

これは良美がきいた。

「お師匠が女にだらしなかったとはさっきいったが、あろうことか、人の女房に手を出していたのだ。患者には一切手を出すことはなかったが、その女房は飲み屋の女房だった。女房を寝取られたと知った亭主に、刺し殺されたのだ。わしは知らせを受けてすぐに駆けつけたが、そのときにはすでに息がなかった。お師匠は血の海に沈んでいた」

そのときの呆然とした参啓の様子が、俊介には見えるようだった。

「刺した亭主はどうなった」

「町奉行所に捕まり、死罪になった」

なんとも救いがない事件だ、と俊介は思った。つまらないことで死んでしまったものだが、それだけの名医を失った損失は、計り知れないものがあろう。

「わしはお師匠のような死に方をしないために、酒は一切口にせず、女との縁もすべて断ち切って今まで来た。だから、この歳になっても女房ももらっておらん」

ということは、参啓の血筋は残らないのだ。それはまたもったいないものだ、と俊介は感じた。

「なぜわしが施療をはじめたか。――貧しいがゆえに医者に診てもらえん者を、わしはたくさん見てきた。死んでゆく者も少なくなかった。かわいそうでならず、なんとかしたいとわしはいつも思っていた。お師匠の跡を継いだのち、診療代を払えん者をただで診たことが少なからずあったが、どこか中途半端だった」

深い息をついて、参啓が言葉を継ぐ。

「御典医になって、ある程度まとまった収入を得られるようになり、これならば、医者にかかれない者たちのための診療ができると確信した。さすがに御典医の参啓のままでやるわけにはいかず、健斎という名で施療をはじめたのだ。御典医の参啓としては、もらえる者からはがっちりともらっていたが、守銭奴とまでいわれるようになったのは、誤算だった。こたえたよ」

苦笑し、参啓が首筋をかいた。

金に汚いといわれるのは、参啓どのもいやだったのか、と俊介は思った。

「参啓どのが御典医になったいきさつは」

それか、と参啓がいった。

「お師匠が亡くなったあと、跡を継いだわしは町医者として必死に仕事をこなしていたが、ある日、お城に呼ばれたのだ。今の御当主であらせられる内蔵頭さまのお父上が目を患われ、その治療のためだった。それまでは御典医が治療に当たっていたらしいが、埒が明かんということで、町医者だったわしに白羽の矢が立ったようだ」

「そして参啓さんは、ものの見事に先代の目を治したのだな」

先を読んで弥八がいった。

「まあ、そういうことだ。わしの治療はうまくゆき、ご先代の目は快癒した」

「それはよかった」

俊介は心からそう思った。こういう人物が松代にもほしい。連れていきたいくらいだ。

だが、そうするわけにはいかない。岡山の人が困る。それに、連れてゆくといったところで、参啓は固辞するだろう。参啓のような人物を、自前で育てなければ駄目だ。それには、どうすればよいだろうか。

すべては学問からはじまる。知識を啓発し、技芸を教授する場所が必要なのではないか。

それができるのは学問所だろう。

――是が非でも、松代に学問所を造らねばならぬ。仮にこの目が見えないままでも、造らねばならぬ。

「俊介どの、なにか決意をしたような目をされているな」

いきなり参啓にいわれた。

「俺の目に、そのような色があらわれているのか」

「そういうことだ。最初に俊介どのの目を診たときには濁りしか見えなかったから、やはり薬が効いていることになろう。これは、うれしいことだ」

「参啓どの、かたじけない」

喜びが全身に伝わり、俊介の頭は自然に下がった。

「俊介どの、礼をいうのはまだ早い。目が見えるようになったらにしてくれ」

「承知した。目が治り、参啓どのの顔が見えるようになったら、俺は思いの丈をぶつけることにいたそう」

「それでよい。思い切り礼をいってくれてよいぞ。——ところで俊介どの。おぬしはいったい何者かな」

軽い調子でいったが、参啓は本気で知りたいのだろう。真実を伝えるべきか、俊介は迷った。だが、自分のことをすべて話してくれた者に応えるのは、人として当然のことではないか。そんな気がした。

「俺の姓は真田という」

俊介が告げると、おう、とうなるような声が聞こえた。

「真田さま……」

どうやら参啓は驚きが強すぎて、言葉を失ったようだ。

「——信州松代の真田さまか。俊介どのはつまり——」

参啓が、ごほほん、と大きな咳をする。

「真田さまの跡取りでいらっしゃるのか」

「その通りだ」

俊介は深く顎を引いた。

「俊介どのは、跡取りの身で江戸を出てこられたのか」

「そうだ。俺は天下の法度を犯している。だから参啓どの、内密に頼みたい」

「それはむろんのこと」

ばっ、と着物がひるがえる音がした。参啓が両手を畳にそろえたようだ。

「俊介どの、いえ、俊介さま。これまでの無礼の数々、どうかご容赦くださいませ」

なあに、と明るくいって、俊介は右手を振った。

「そんなに改まることはない。参啓どのは無礼なことなど、一つもしておらぬ」

「そういっていただけると、さすがにほっといたします。——俊介さま」

「なにかな」

「内密にとのお言葉ですが、俊介さまのことは、我が殿にお知らせしたほうがよいのではありませんか。真田家の若殿が岡山にいらしているというのに、我が殿がそのことをご存じないというのは、どうも据わりが悪い心地がいたします」

「内蔵頭どのに知らせるのは、やめておいてほしい。俺のことは、参啓どのの胸のうちにとどめておいてくれ」

やや口調を強めて俊介はいった。

「わかりました。そうおっしゃるのであれば、俊介さまのことは、我が殿に申し上げずにおきましょう」

残念そうだったが、参啓は了承した。

俊介は胸をなで下ろした。できれば、大仰なことはしたくない。

ここ岡山では静謐なときを過ごし、目を治すことにとにかく集中したかった。

「あの、俊介さま」

参啓が控えめに呼びかけてきた。

「なにかな」

俊介は顔を向けた。

「こちらの良美さまですが」

「うむ、良美どのがどうかしたかな」

「真田さまのお姫さまですか」

そうだったな、と俊介は思った。良美には隠しようがない気品がある。真田家でないにしても、どこぞの姫であると見破られても仕方がない。

「いや、我が家の姫ではない」

「そのお口ぶりでは、他家のお姫さまであるように聞こえますぞ」

「私は久留米有馬《くるめありま》家の者です」

いきなり良美がいったから、俊介は驚いた。参啓もびっくりしているようだ。

「では、勝江どのは良美さまの侍女でございますか。有馬家のお姫さまが、なにゆえ真田家の若殿と一緒に旅をされているのでございますか」

「参啓どの、これまでいろいろとあったのだ。話せば長い」

「さようにございますか」

穏やかにいった参啓がうなずいたようだ。

「お話をうかがいたいところでございますが、手前はこれより出仕しなければなりません。俊介さま、お話はのちほどうかがうということで、よろしいでしょうか」

「かまわぬぞ」

「ありがとうございます」

一礼したらしい参啓がゆっくりと腰を上げ、襖を開けて出ていった。

三

来るはずがない。

総四郎は確信している。

矢文には、池田内蔵頭に対して、従者と二人で西川原に来るよう記しておいたが、それを池田家の者が守るはずがなかった。

侍は汚いことを平然と行って、恥じることがない。なによりも、家臣たちが主君である池田内蔵頭を、危険な場所に赴かせるはずがなかった。

二千両という金も、本物を持ってくるはずがない。そうと見せかけた物を、ただ馬の背に積むだけだろう。それだけの金が池田家にあるものかも怪しいものだ。

馬に乗るのは、池田内蔵頭に見せかけた、ただの替え玉だろう。従者には、本物の遣い手を使うかもしれない。

西川原には伏勢を置き、のこのことやってくるはずの賊を捕らえる目論見《もくろみ》でいるにちがいないのだ。

笑止としかいいようがない。

そのような手で、この俺が捕まるわけがないではないか。

つと足を止め、総四郎は目の前の建物を見た。徳島屋と看板が出ている。

「ごめん」

暖簾を払い、総四郎は土間に足を踏み入れた。昼前ということもあり、中は閑散としていた。この刻限に旅人がいないのは当たり前だが、奉公人たちも、忙しくなる前にどうやらのんびりしている様子だ。

「いらっしゃいませ」

番頭らしい、やや歳のいった男が奥から走り寄ってきた。この前ここで話した番頭とは異なる男である。

「吉井旭之介どのに会いたい。つなぎをつけてくれるか」

番頭がはっとし、承知いたしました、と頭を下げた。

「総四郎さまでございますね。これからすぐに使いを走らせます」

「ここに吉井どのが来るのだな。それまで、どのくらいかかる」

「さようでございますね。半刻ほどいただけますでしょうか」

「承知した。では、頼んだぞ」

番頭にうなずきかけてから、暖簾をひょいとくぐって総四郎は外に出た。

今日も陽射しはない。垂れ込めた厚い雲が空をびっしりと覆っている。この分では、いずれ雨が降るかもしれない。

大気は湿っぽく、着物の裾や袖が肌にまとわりつく。じきに梅雨がやってくる。田植えができないから梅雨は必要なものなのだが、雨ばかり降ることを考えると、やはりうっとうしい。

道を東に取って、総四郎は旭川に架かる京橋にやってきた。

欄干に両手を置き、北側を眺める。今日も黒い天守が見えている。

あの城のあるじをこの世から除く。

これまでは、思いのほか順調に進んでいる。最後までこの調子で行ってほしいが、果たしてどうだろうか。

策に齟齬《そご》をきたすことは、しばしばあることだ。今回はできれば、そうあってほしくない。

しかし、と総四郎は考えた。もし順調さを欠くような事態になっても、きっと乗り越えられよう。これまでも、ずっとそうしてきたのだから。

——池田内蔵頭は必ずあの世に送り込む。

殺すことに、総四郎はなんのためらいもない。慣れてしまえば、人殺しなどなんということもないのだ。

それでも、と総四郎は考える。まさかこの俺が殺しを生業にするとは、夢にも思わなかった。

どうしてこのようなことになったのか。

楽を考えたからだ。

俺は、あのときどうしても大金をこの手につかみたかった。

師匠の幸吉とともに工夫してきたからくりをうつつのものにするためには、とてつもない大金が必要だったのだ。

もう少しで鳥のように空を飛べるからくりができあがるという期待が、総四郎の中で大きくふくれあがっていた。

だが、それを作り上げるのに、金がどうしても足りなかった。手持ちの金ではまったく不足していた。

そのときには、すでに幸吉は駿府から遠州見附に移っていた。幸吉は駿府で備前屋という、備前児島《こじま》の木綿を扱う店を営み、さらに備考斎《びんこうさい》と名乗って入れ歯師をしていた。総四郎は備前屋で働き、幸吉とともにからくりの工夫に日夜いそしんでいた。

ある日、満足のいく出来のからくりができあがり、幸吉と総四郎は駿府の西を流れる安倍川《あべかわ》の河原で夜間、飛行を試みた。からくりに乗ったのは、むろん総四郎である。

このときは川風に乗って、二町ほどを飛ぶことができた。その爽快さに、総四郎は快哉《かいさい》を叫んだほどだ。

だが、その飛行を釣り人に見とがめられ、町奉行所に通報された。町奉行所の牢《ろう》に入れられた幸吉がすべての責を負い、弟子の総四郎のことはおくびにも出さなかった。

結局、幸吉は駿府にいられなくなった。またも追放の身となったのである。

幸吉の娘が遠州見附に嫁しており、四人の子をなしていた。備前屋の土地家屋、財産のほとんどを町奉行所に没収された幸吉は、一緒に見附に来ないか、と総四郎を誘ってきた。

さすがに迷ったが、総四郎は断った。これまでの工夫のすべてが駿府にはあった。それを見附に移す気にはなれなかった。

そうか、と淡々といった幸吉は後事を総四郎に託し、駿府を去っていったのである。見附でも、入れ歯師の仕事は続けるつもりだといっていた。

駿府を去る前に幸吉は、町奉行所に没収されなかった金を総四郎にすべて与えた。これを元手に完璧なからくりを作り上げろ。おまえなら必ずできる。

その言葉を信じて、総四郎はからくり作りに精を出した。食事もほとんどとらず、熱中したのである。

だが、あともう少しというところまできて、金が足りなくなってしまったのだ。

どうすればこの金を増やすことができるか。

しかし、増やすことなど、どうやってもできるはずがないのだ。なにか職を得て、金を手に入れるほかはない。

金を得るために、からくり作りを中途で投げ出すことになる。

完成が見えてきているというのに、そんなことになり、総四郎はあまりの情けなさに悔し涙を流した。

そこに、博打《ばくち》という手がありますよ、といってきた者がいた。

いま思えば甘言以外のなにものでもなかったが、そのときの総四郎はあっさりと乗ってしまったのだ。

安倍川のほとりに、からくり作り用の小屋があった。幸吉が建てたものだが、名義は総四郎だった。それがために没収の憂き目に遭うことはなかったのだ。

からくりには帆布が必要だったが、それを総四郎は駿府の木綿問屋から買い求めていた。播州屋《ばんしゅうや》という店である。

帆布は、播州のものが最上のものと知られていた。博打の話を持ってきたのは、播州屋の手代《てだい》だった。

それまで総四郎は、博打に手を出したことは一度もなかった。博打など、身を滅ぼすもとと考えていた。

いくらなんでも十倍に増やすことは無理ですけど、三、四倍にはできますよ。

手代はそういったのだ。

なんと、そんなことが本当にできるのか。あまりにうまい話すぎて、総四郎は疑ったが、少しだけ興味をそそられた。

手前にまかせてくれれば、そのくらいの儲《もう》けはたやすく出してみせますよ。あっしは博打では負け知らずですからね。

もし総四郎が金に困っていなかったら、こんな言葉に乗ることは決してなかった。だが、そのときの総四郎はすでに熱に浮かされていた。

一緒に賭場《とば》に行き、総四郎は手代の勝負を見守った。

金はほんの一刻ですべて消え失《う》せ、逆に総四郎には莫大な借金ができたのだ。

あとから知ったのだが、播州屋の手代はちゃっかりと、総四郎の金から自分の借金は返していた。やくざから博打での借金の返済を迫られ、窮していた手代に、総四郎はものの見事にはめられたのである。

金が返せないなら、簀巻《すまき》にして安倍川に放り込む、と総四郎はやくざどもに囲まれてすごまれた。それでも、不思議とやくざどもは怖くなかった。総四郎は平然としていた。

思った以上に肝の太い野郎のようだな。だったら、いい仕事があるぜ。

やくざの親分に、借金を帳消しにするのに一つだけ手がある、といわれた。

人を殺すことだった。

無理としか思えなかった。

俺に人が殺せるわけがない。

しかし、もはや選べる道はほかになかった。金を返せないなら、他の者への見せしめに、簀巻にされるのはまちがいなかったのだ。

殺されるより殺したほうがいい。総四郎は腹を決めた。

殺す相手は、敵対するやくざの用心棒とのことだった。かなりの遣い手で、その用心棒一人のために、縄張が少しずつ奪われていっているとのことだ。

腕利きの用心棒か、と総四郎は暗澹とした。殺《や》れるわけがない。

だが、殺るしかない。それしか生き残る道はないのだ。

やくざの用心棒を殺すのには、工夫が必要だった。正面から行って、殺れるはずがないのだ。

やくざの親分から総四郎は、その用心棒には情婦がいると聞いた。深夜ほとんど人けのない道を一人行き、用心棒はその女のもとに五日に一度は通っているとのことだ。

親分は刺客を雇い、用心棒を襲わせたことがあるらしいが、刺客はあっさりと返り討ちに遭ったという。用心棒は居合の遣い手であることも知れた。

二日考え続けて、これなら用心棒を亡き者にできるのではないかという手立てを総四郎は思いつき、親分から一両を借りた。

その夜、一本の木に登った。この木の下の道を用心棒が通るのである。

息を殺して総四郎は用心棒がやってくるのをじっと待ったが、さすがにどきどきした。しくじれば死が待っている。

このまま逃げてしまうか。

もし逃げたら、やくざ者たちは地の果てまで追いかけて切り刻んでやるといったが、実際に追ってくることはまずないだろう。逃げ切れるはずだ。

よし、逃げてしまうか。そう思ったとき、提灯の黄色い光が近づいてきた。ひたひたと足音もする。

——来た。

あれは、まちがいなく用心棒の足音である。逃げる機会を失ったことを総四郎は知った。

総四郎の動悸《どうき》が、いっそう激しくなった。木の上にいることに用心棒に気づかれたら、それでおしまいだ。

気づくな。総四郎は必死に祈ったが、そのときには不思議と腹が据わっていた。殺れる、という確信が心中に居座っていた。

ふと用心棒が総四郎の真下で足を止めた。こいつは本物なのか、とつぶやく。

総四郎が用心棒にちらりと目をやると、腰を折ったのが見えた。

——かかった。

総四郎は、路上に一両小判を置いておいたのだ。それを用心棒は拾おうとしている。

今だ。総四郎は帆布で作り上げた投網《とあみ》をふわりと投じ、同時に木の上から飛び降りた。

うおっ。罠にかけられたことを知った用心棒が叫び、腰の刀を引き抜こうとした。だが、帆布の網が体を覆い、用心棒の腕は自由が利かない。

匕首を手にした総四郎は用心棒の背後に回り、体ごとぶつけていった。

はっと気づいたときには、総四郎は尻餅《しりもち》をついていた。目の前の帆布の投網は血を吸って真っ赤に染まり、用心棒は地面に倒れ込んでいた。両目をかっと開いていたが、すでに息をしていなかった。

用心棒の刀は、帆布の投網に邪魔されて、鞘から半分も抜けていなかった。

――やったぞ。

人をおのが手にかけてしまった恐怖よりも、やり遂げた満足の思いのほうが強かった。

それでも、腰が抜けたようで、総四郎はしばらく立ち上がれなかった。

立てるようになると、すぐに帆布の投網で用心棒の死骸を包み、かたわらの林の中に引きずり込んだ。死骸を帆布の投網ごと縄でがっちりと縛り、あらかじめそこに掘っておいた深い穴に放り込んだ。鋤《すき》を使って土をかぶせ、死骸を埋めた。

これでよし。

その足で一家の家に行き、首尾を親分に告げると、本当か、と驚かれた。証拠の品として、総四郎は用心棒の脇差を持っていた。それを手に取った親分はしげしげと見ていたが、まちがいねえ、といった。こいつはあの用心棒のものだ。

これで総四郎の借金は帳消しになった。

おめえは、人殺しを生業にしてもいけるかもしれねえな。

目を光らせて親分がいったものだ。

総四郎自身、用心棒を殺すのが意外にたやすかったこともあり、いけるのではないか、と感じていた。

おめえにもしやる気があるなら、いくらでも仕事を紹介しよう。たんと稼げるぜ。

次に殺ったのは、敵対するやくざの親分だった。頼りにしていた用心棒が行方《ゆくえ》知れずになり、それまでの威勢はどこへやら、その親分は恐れをなして屋敷に引っ込む日々が続いていた。

夜のうちに総四郎は、親分の屋敷に忍び込んだ。厠《かわや》の天井裏にひそみ、息を殺し続けた。朝餉のあと、標的の親分がやってきた。しゃがみ込んだところを総四郎は頭上から襲いかかり、背中に匕首を突き立てて音もなく殺した。

再び天井裏に戻り、屋敷内の天井を伝って、総四郎は外に出た。追ってくる者はいなかった。

用心棒と親分が殺されて、その一家は一気に衰勢になり、一家を抜け出す者があとを絶たなくなった。

そこを逃さずに総四郎の雇い主の親分が縄張を奪い、一家を壊滅に追い込んだ。その直後、総四郎は播州屋の手代を安倍川で溺死《できし》させた。死骸は海に流れていった。

親分の依頼を受けて、総四郎は何度か仕事をこなした。こんなたやすいことで大金になるのなら、と総四郎は思った。人生など実に楽なものではないか。

潤沢な金を手にできるようになった総四郎は、ついにからくりを完成させた。

夕刻、人目につかないように荷車で安倍川の上流にからくりを運び、狭い谷を見渡せる岩場に立った。高さは優に三十丈はあり、眼下に岩を嚙む白く泡立つ流れが見えていた。

からくりに乗り込んだ総四郎は、ためらうことなく岩場を力強く蹴ったのだ。

もちろん、真っ逆さまに落ちてしまうのではないかという恐怖はあったが、自分が作り上げたからくりへの信頼の気持ちのほうがずっと強かった。

一瞬、下に引っ張られるようにがくんと落ちたときには、さすがに肝が冷えたが、風に乗って上昇をはじめたときの気持ちは、爽快という言葉以外、あらわしようがなかった。

なぜここにお師匠がいないのか。

飛びながら、総四郎は心から残念だった。美しく大空を飛んでいる姿を、幸吉に見てほしかった。

その後、何度か飛んでみると、不備や欠点がいくつか見つかった。それらを順次、総四郎は直していった。

そしてついに、なんの問題もなく空を飛べるからくりができあがったのである。

総四郎は駿府を離れ、大坂に移った。殺しの仕事で大坂に行ったとき、自由闊達な町の空気が気に入ったのだ。すぐさま居を構え、この町でも疲れを見せることなく仕事をこなしていったのである。

刻限になり、総四郎は再び徳島屋に足を向けた。

土間の上がり框に腰かけ、旭之介は総四郎が来るのを待っていた。

「一別以来だな」

「ご無沙汰《ぶさた》しています」

「ちょっと歩くか」

総四郎たちを、徳島屋の奉公人がかたまって見ている。それがわずらわしかった。

外に出ると、月代《さかやき》をぽつりぽつりと打つものがあった。

「降ってきたな」

大した降りではないが、吹いてきた風が少し冷たかった。

「少し寒いくらいだな」

遅れて後ろを歩く旭之介を見やり、総四郎はいった。

「ええ、さようですね」

言葉少なに旭之介が答える。

「呼び出したのはほかでもない。おまえさんに頼みたいことがあるからだ」

「どんなことでしょう」

顔を上げ、旭之介がじっと見る。

「耳を貸してくれ」

立ち止まり、総四郎は旭之介を手招いた。少し戸惑ったような顔をしたが、旭之介は素直に顔を近づけてきた。男としては小さい耳に、総四郎は言葉をささやきかけた。

「えっ、火を放つのですか」

「しっ、声が大きい」

「すみません」

旭之介が小腰をかがめる。

「やれるか」

「やれると思います。いえ、やれます」

「刻限は厳守だ」

「暮れ六つちょうどですね」

「そうだ。頼めるか」

「お任せください」

「よし、話は終わった。これでお別れだ」

「わかりました」

旭之介をその場に残し、後ろを振り返ることなく総四郎は歩き出した。

「あの……」

旭之介の細い声が背中にかかった。すぐさま総四郎は振り返った。

「なんだ」

「総四郎さまは、いま岡山にいらっしゃるのですね。どちらにいらっしゃるのです」

「そいつは秘密だ」

にっと笑って、総四郎は再び歩を運びはじめた。

そのまま足早に歩いて、隠れ家に戻った。その頃には雨は上がり、薄日も射すようになっていた。

隠れ家は、この前、からくりで空を飛んだ矢坂山の麓《ふもと》にある無住の神社である。矢坂神社といい、以前はここにも神官の一家が暮らしていたのだが、はやり病で死に絶え、今は荒れ果てるに任されている。

昔は、この境内でよく遊んだものだ。総四郎は、岡山のすぐ近くの八浜の生まれである。家は、八浜八幡宮という由緒ある神社の氏子だった。

八浜という土地は、表具師幸吉の生まれ故郷でもある。総四郎の父の友垣は尾《お》崎多門《ざきたもん》といい、幸吉とは幼なじみだった。若い頃の幸吉のからくり作りに、多大な貢献をしたのだ。

二人がからくり作りに必死に取り組む姿を見て、総四郎は育ったのである。

父親は商売をしていたが、総四郎は四男で、跡を継ぐ目はまったくなかった。

それで、岡山を追放され、駿府に向かうことになった幸吉についていくことになったのだ。幸吉の養子も同然になり、幸吉の姓である浮田を名乗るようになった。

昔は楽しかったな。

朽ちかけてはいるものの、昔懐かしいにおいが今でもしているような社殿に、総四郎は入った。中に家財などはもちろんなく、埃というより土が床にたまっているが、雨露をしのげれば十分だった。蚊《か》が大挙して襲来することもあるが、蚊遣りを焚けば退治できる。

幼い頃がしきりに思い出されて、ここに寝転がっていると、総四郎の気持ちは落ち着くのだ。

虫の声が聞こえる。

秋に鳴く虫ではないか。

今年は秋の訪れが早いのかもしれない。

むくりと起き上がり、総四郎は目をこすった。睡眠は足りており、眠気はまったくない。

社殿の外に出た。もうずいぶん暗い。いくつかの星が瞬いているが、ほとんどは雲に隠されている。うっすらとした雲が空を覆っているようだ。

空腹を覚えたが、なにも食べるものはない。矢坂神社は小高い位置にあり、下に広がる町を見下ろせるが、ほとんど灯りは絶えている。五つはとっくに過ぎているだろう。

腹ごしらえをしておくべきだったが、もはや後の祭りである。今宵、夕餉は抜きだ。寝過ぎた自分が悪いのだ。

神社の裏手に広がる矢坂山の斜面を、総四郎は登りはじめた。

四半刻ほどで魚見台に着いた。湿った風が吹き渡っている。近くの茂みに、例のからくりを布にすっぽりと包んで隠してある。

からくりはちゃんとそこにあり、総四郎は安堵の息をついた。この山の頂に登ってくるような酔狂な者は土地の者でもほとんどいないから、見つかるようなことはまずないと思うが、ほかによい隠し場所がないものか、と常に思案している。今のところ、恰好と思える場所はない。明日まで見つからずにいてくれれば、それでよいのだ。

漆黒の闇が覆いかぶさってくる中、総四郎はからくりを組み立て終えた。どんなに暗くてもからくりを組み立てられるように、これまで鍛錬してきた。

からくりに乗り込むや、総四郎は再び魚見台から空に舞い上がった。

からくりを操りながら、表具師幸吉という男はやはり大したものだな、と総四郎は実感した。空を飛ぶというこのからくりの原型は、紛れもなく幸吉が作り上げたのだ。

まさに偉業そのものだと思うが、空を飛ぶことを禁じた上で、岡山から追放した五十五年前の岡山城主は、狭量以外のなにものでもない。

この工夫がどれだけ貴重であるか、わかろうとしなかった。そのことが、総四郎にはどうしても解せない。

城にたやすく入り込まれることを恐れたのだろう。空からなら、石垣も塀も堀もまったく関係なくなるのだ。

　この工夫を恐れるよりも、有効に使うことに、岡山城主は力を注ぐべきだった。表具師幸吉という男が、この地に生まれた幸運を活かすべきだったのに、それをしなかった。

もし活かしていたら、きっとなにかが生まれ出たはずなのだ。

なんという阿呆《あほう》なのか。総四郎はあきれざるを得ない。

池田内蔵頭という今の岡山城主は、その先代の血を継いでいる。

同じように阿呆にちがいない。

なんのためらいもなく、殺すことができそうだ。

夜とはいえ、あまり人に見られる危険を冒すわけにはいかない。

決行が明日だというのに、ここでしくじりを犯すのは愚か者のすることだ。

四半刻ほどで飛行を切り上げ、総四郎は魚見台に着地した。

ぎくりとした。そこに人がいたのだ。

まさかこんな刻限に人がいるとは。

そこに突っ立っているのは侍である。池田家中の者か。それならば、殺すしかない。

闇の中、総四郎を見て目をみはっているようだ。どうやら侍も驚きを隠せずにいる。

「きさま、なにをしている」

侍がとがった声を発した。

「見ての通りだ。空を飛んでいた」

笑みを浮かべて総四郎は答えた。見られた以上、ここは油断させて始末しなければならない。

「表具師幸吉と関係があるのか」

いきなりこんなことをきかれて、総四郎は瞠目《どうもく》した。この侍、お師匠のことを知っているのか。

「幸吉はこの日の本の国で初めて空を飛んだ人物らしいが、なんでも、ここ岡山で生まれたそうではないか」

わざわざこんなことを口にするくらいだから、池田家の家中の者ではないのだろう。

「あんたこそ、こんな刻限にこんなところでなにをしている」

「戦国の昔に築かれた城の跡があるというので、見に来たのだ。富山城といったか」

「こんな刻限にか」

「戦国の昔の城跡というのは、夜こそおもしろいのだ」

「なにゆえ」

「信じぬかもしれぬが、夜に訪れると、昔この城で暮らしていた者たちの名残らしきものを見ることがあるのだ。俺はそれが楽しみでならぬ」

ずいぶん風変わりな男だな、と総四郎は思った。

「名残らしきものというのは、霊魂を指しているのか。この山を霊魂がさまよっているというのか。本当にそんなものがいるのか。俺は霊魂など一度も見たことがない」

「見える者と見えぬ者がいるらしい。俺は見えるほうなのだろう。きさまは見えぬたちということだ」

「どうやったら見える」

「どうにもならぬ。鍛錬したからといって、見えるようにはなるものではない。この城では、城主が討ち死にするという激しい戦いがあったそうだ。そういう城こそ、戦国の昔の名残を数多く見ることができる。それにもかかわらず、見えぬとあれば、これからもきさまは霊魂を目にすることはあるまい」

「今夜も見たのか」

「まだだ。だが、そんなものより、ずっとおもしろいものを見せてもらった」

「これのことか」

総四郎はからくりに触れた。

「ついさっき目の当たりにしたにもかかわらず、俺はいまだに信じられぬ。まさか人が鳥のように飛べるとはな。それに乗れば、俺も飛べるのか」

「飛べぬことはないが、少なくとも二年はかかろう」

「そんなにかかるのか。おぬしも長いこと、鍛練を積んだのだな。今は自在に空を飛べるということか」

「まあ、そうだ」

「どんな気分だ」

「知れたこと。鳥になった気分よ」

「なんともうらやましいな。そんなからくりが目の前にあるというのに、俺はあきらめるしかないのだな」

「そういうことだ。もしおぬしがこれに乗ったら、墜落してそれきりだろう」

「墜落か、さすがにぞっとせんな」

からくりを羨望《せんぼう》の眼差しで見ているこの男なら、と総四郎は思った。池田家の者や町奉行所に告げ口はしないのではないか。

その上、この侍はかなり遣える。それは一目瞭然だ。やり合って勝てるという自信を、総四郎は持てなかった。

「おぬし、いったい何者だ」

目を光らせて総四郎はきいた。

「なに、旅の者よ」

微笑を浮かべて侍がさらりと答える。

「旅の途上で、こんなところまで足を延ばしたのか。岡山からどこへ行くのだ」

「江戸だ」

江戸か、と総四郎は思った。これまで訪れたことのない町だ。駿府にいるときに、思い切って行っておけばよかった。

「どこから来た」

「江戸だ」

「なんだ、江戸の者か。それがなにしに岡山へ来た」

ふふ、と侍が笑った。

「いろいろと聞いてくるのだな。なに、俺は仇と狙われる身でな。俺を狙っている者がいま岡山にいるのだ」

「おぬし、仇持ちなのか。その者を返り討ちにするつもりでいるのだな」

「そうだ。殺らなければ、俺が殺される。まだ死にたくはない」

「おぬしの腕なら、返り討ちなどたやすいだろう」

「それが、そうでもない。相手は命冥加《いのちみょうが》な男なのだ。なかなか大変よ」

「これまでに、相手の命を狙ったことがある口ぶりだな」

「何度も狙ったさ」

侍の目がぎらりと光を帯びたのを、総四郎は見逃さなかった。

「ところで、きさまはどうする。俺のことを殺すのか」

どうやら、先ほどの殺気を覚られたようだ。

「もうその気はない。このからくりのことを黙っていてくれれば、それでよい」

「なんだ、そんなことか。俺は誰にも話さぬ。その代わり――」

言葉を切り、侍が見つめてくる。

「きさまが表具師幸吉と関係がある者かどうか、それだけを教えてくれ」

「なんだ、そんなことか」

侍と同じ言葉を返し、ふっ、と総四郎は笑いを漏らした。

「表具師幸吉は俺の師匠であり、親でもある」

なにっ、と侍が大きく目を開く。

「きさま、幸吉のせがれなのか」

「実子ではないが」

「血のつながりはないのか。幸吉は今どうしている」

「遠州でつつがなく暮らしている。年老いたが、まだまだ元気だ」

「遠州のどこだ」

「聞いてどうする。会いに行くのか」

「天才の顔は、一度は拝んでみたいものだ」

天才といわれて、総四郎は気分がよかった。

「お師匠はいま見附の町に住んでいる」

「見附か。わかった。江戸への帰りに寄れるようなら寄ってみよう」

伝言を頼むか、と総四郎は思った。だが、すぐに考え直した。今さら師匠にないを伝えるというのか。

「では、これでな」

明るくいって侍が右手を挙げた。

「今日ほど生きていてよかったと思えた日はないぞ」

「そいつは最高の褒め言葉だな」

そういって総四郎は破顔した。

「一つ頼みがある。飛び立つところを見せてもらえぬか」

総四郎はその期待に応える気になった。

「よかろう」

からくりを魚見台の上まで持ってゆき、総四郎は乗り込んだ。

「よく見ていてくれ」

「うむ、とっくりと見せてもらう」

好奇の心が強いたちのようで、侍の瞳はらんらんと輝いている。

「行くぞ」

侍に向かって叫ぶや、総四郎はだっと地を蹴り、岩の斜面を勢いよく走り降りた。斜面が途切れ、からくりは下に落ち込んだが、すぐに風をつかんで鳶のようにふわりと浮いた。

後ろを振り返ると、驚喜している様子の侍の姿が見えた。おう、という声が聞こえてきた。

しばらくこのまま飛んでいよう、と総四郎は思った。

今宵はたまらなく気分がいい。

四

茶を喫した。

ああ、うまい。

心中で俊介は感嘆の声を上げた。生きていてよかった、と心の底から思う。弥八がそばにいるおかげで、毒の心配をすることなく、心置きなく茶を楽しめる。

朝餉のあとに飲む茶は特に美味で、俊介が最もくつろげるときでもある。

「このお茶、とてもおいしいですね」

良美も、顔をほころばせているようだ。その美しい顔を、俊介は一刻も早くこの目で見たかった。

「岡山という地はお茶も名産なのでしょうか」

誰に問うというわけでもなく勝江がいった。

「さあ、どうかな。茶といえば駿河だが、俊介さん、岡山の茶について知っているか」

「いや、岡山が茶の名産地とは聞いたことがないな。参啓どのが茶に凝っているだけかもしれぬ」

「なるほど、どこぞの上等の茶を取り寄せているわけか」

「備前ではなく美作《みまさか》でお茶を作っていると、以前、聞いたことがあります」

良美のその言葉で、俊介は思いだした。

「そういえば、茶の祖といわれている栄西《えいさい》禅師は、岡山の近くの吉備津《きびつ》神社の出だというぞ。確か、権禰宜《ごんねぎ》の息子のはずだ」

「ほう、そうか。茶の祖の出た土地柄なら、茶がうまいのも道理かもしれんな」

弥八が笑っていったとき、廊下を渡る足音が聞こえてきた。失礼する、と参啓の声が耳に届き、襖の開く音がした。

「――俊介さま」

参啓に朝の挨拶を返そうとして、俊介はとどまった。参啓の声に、切迫したものが感じられたのだ。

「参啓どの、なにかあったのか」

「実は、殿からお呼び出しがあったのでございます」

「では参啓どの、今から登城されるのだな」

「もちろんわしも出かけますが、俊介さまも一緒でございます」

「なにゆえ俺が」

俊介は驚いてきいた。

「先ほど城より使者があり、いま屋敷に逗留している俊介なる者を連れてまいるように、と殿の命を伝えてきたのでございます」

「ほう、俺を連れてくるよう使者がいったか」

「誓って申し上げますが、手前は俊介さまのことは一言たりとも殿に話しておりません」

「よくわかっている。参啓どのの口の堅さは信用している」

「参啓さま、今から登城するのですか」

良美の声が俊介の耳に入ってきた。

「そういうことでございます。しかし、その前に俊介さまの治療だけは、するつもりでおります」

「ありがたい」

礼をいう俊介の前に参啓が座る気配がした。

「では、診ますぞ」

いつものようにろうそくに火をつけて、参啓が俊介の目をじっくり診たあとで、薬を差してゆく。

薬効がじんわりと目の中に広がってゆくのがはっきりとわかる。毒が取れていっている、という実感が俊介にはある。

「俊介さま、だいぶよくなってきておりますよ。瞳から濁りが取れつつありますから。俊介さま、この光が見えますか」

目に熱を感じた。参啓がろうそくを近づけているようだ。

「いかがでしょう」

必死に目を凝らすようにしたが、俊介に光は見えなかった。

「まだのようでございますね」

参啓の声音は平静で、残念そうな様子は感じられなかった。

「されど俊介さま。先ほど手前が申し上げましたように、目は確実によくなってきております。ろうそくの光も、ここ一日二日で感じられるようになるはずでございます」

「それはなによりだ」

「あと少しでございます。今日より、ちと別の薬も一緒に使います。これも瞳の濁りを取るために、手前が独自に調合した薬にございます。また天井を向いてくだされ」

薬を差された目が、じんわりとあたたかくなってゆく。

「これは、先ほどの薬とはだいぶちがうな」

「あたたかくなってきましたか」

「うむ、これはこれでとても気持ちがよい」

「それはようございました。俊介さま、今日は晒《さらし》を巻かせていただきます」

俊介が、わかったというと、参啓が手際よく顔のまわりに晒をぐるぐる巻いてゆく。

「顔を洗うときなど不便ですが、この晒は明日の治療のときまでしていてください。取ったからといって目がまた悪くなるということはありませんが、していたほうがずっと治りが早いのですよ。――俊介さま、これで今日の治療は終わりでございます」

晒を軽く縛った参啓が厳かな口調で宣した。

「では俊介さま、さっそく支度をいたしましょう」

それまでじっと俊介を見守っていた良美がいった。

「私の父上の前にお出になったときに召されていた着物は、行李《こうり》の中ですか」

「うむ、そうだ」

これまで俊介の行李は伝兵衛が運んできたのだが、伝兵衛がおきみと一緒に江戸に向かった今、弥八がその役目を担っている。

「こいつだな」

行李から着物を取り出した弥八が良美に見せているようだ。

「俊介さま、着替えましょう」

「かたじけない」

良美と勝江の二人が、俊介に着物を着せてくれた。

「参啓さま。俊介さまに付き添いをしてもよろしいですか」

「はい、大丈夫でございましょう。対面所までは無理かもしれませんが、お城の中まではご一緒できるものと思います」

俊介には、一つ気にかかっていることがあった。

「参啓どの。内蔵頭どのは、俺が真田の跡継であると知って、呼び出したのだろうか」

「いえ、そうではないのではないでしょうか。もし俊介さまのご正体をご存じなら、もっと異なる手立てを取ってお呼び出しいたしたように思います」

「そうだな。あまりに唐突過ぎる」

「おそらく、昨日ここにいらした仁淀どのが、殿に俊介さまのことを告げられたのではないかと思われます。仁淀どのの話で俊介さまに興味を抱かれた殿が、お呼び出しを決意なされたということではないでしょうか」

「内蔵頭どのにじかにそのようなことをいえるなど、仁淀星右衛門というのは、ただの徒目付ではないようだな」

一介の徒目付が一国の太守にじかに会って、重要な知らせを告げるという図が、俊介は思い描けない。それぞれの大名家によって職制は異なるのだろうが、真田家では徒目付をつとめる者は軽輩が多く、よほどのことがない限り、いきなり主君に目通りすることはあり得ない。

「仁淀どのは、徒目付頭をつとめていらっしゃいます。仕事ができることから、殿のお気に入りともいわれております」

「ああ、そうだったか」

俊介は納得した。それならば、太守にじかに会っても不思議はない。


至極当たり前のように、良美が手を引いてくれた。

屋敷をあとにした俊介たちは参啓を含め、五人で岡山城の大手門をくぐった。

「ふむ、なにやらざわついているな」

顔を上げ、俊介はあたりの気配を嗅いだ。

「俊介さまのおっしゃる通りにございます」

すぐさま参啓が同意の意を示す。

「なにかあったのでございましょうな、一昨日あたりからどうも家中の者たちが殺気立っているような感じがするのでございますよ」

「そうだな」

同じように感じているらしく、弥八が相槌《あいづち》を打った。

「確かに、なにかぴりぴりした波のような気が伝わってくる」

「なにがあったのでしょうか」

勝江が不安げな声を出した。

「内蔵頭さまが俊介さまをお呼び出しになったのも、この妙な雰囲気と関係しているのでしょうか」

俊介の手を引きつつ、良美がいった。

「どうだろうか。参啓どのはなにか聞いておらぬのか」

「わしの耳にはなにも入ってきません。なにやら秘密にされている感じがいたします」

「秘密のことか。内蔵頭どのにお目にかかったら、なにがあったか、きいてみることにしよう。体面を一番に考える武家が、他家の者に果たして教えてくれるかどうか、心許《こころもと》ないものがあるが」

本丸御殿に入った俊介たちは、すぐさま控えの間に通された。十畳はあるらしい部屋だが、かなり暗いようで、隅のほうで行灯が燃える音がしている。

待つほどもなく呼び出しがかかり、俊介は立ち上がった。対面所に一緒に行けるのは参啓のみだと思ったが、良美もよいとのことだった。

内蔵頭どのは、と俊介は思った。仁淀星右衛門の話から、良美どのにも興味を抱いたにちがいあるまい。

「では、行ってくる」

見えない目を弥八と勝江に向けて、俊介は告げた。

「さしてときはかかるまい。すぐに戻ってくるゆえ、二人で仲良くしているのだぞ」

「はい、お待ちしております」

明るい声音で勝江が答えた。

「うむ、俊介さんのいう通り、仲良くしているゆえ、ずっと長くいてもらってよいぞ」

笑みを浮かべているらしい弥八が、軽口を叩いた。

茶坊主の案内で、俊介たちは廊下を進んだ。

「こちらでございます」

足を止めた茶坊主が、対面所を指し示したようだ。

「どうぞ、お入りなさってください。すぐに殿はいらっしゃるはずでございます」

「かたじけない」

良美の手引きで俊介は敷居を越え、対面所の畳を踏んだ。

「俊介さま、こちらにお座りください」

参啓の声に導かれて、俊介は正座しようとした。そこに座布団があったので、すぐさま後ろに引き、畳の上にじかに座った。

「お成りでございます」

若い男の声がし、そののち上座のほうに人の気配が立った。

「待たせた」

穏やかで響きのよい声がかかり、俊介は頭を下げた。横で、良美も同じようにしているのがわかる。参啓は、両手を畳についているようだ。

上座に人が座ったのが知れた。

小姓らしい二つの気配も俊介は嗅いだが、二人の小姓は内蔵頭を守るように両側に落ち着いたようだ。

「参啓、よく来た」

内蔵頭はにこやかに笑いかけてきたようだ。

「殿におかせられては、ご壮健の由、祝着至極にございます」

「参啓、ずいぶん久しぶりのようにいうが、昨日会ったばかりではないか」

「はっ、おっしゃる通りにございます」

「参啓、さっそくそちらの二人を余に紹介してくれ」

「承知いたしました。——手前の横に座っておられるのが俊介さま、その隣におられるのが良美さまでございます」

内蔵頭がしげしげと見ているのを、晒越しに俊介は知った。

「俊介どの、そなたは昨日、仁淀星右衛門という者に会われたであろう。その者が参啓の屋敷に魅力のある人物がいる、といってきたのでな、余はどうしても顔を見たくてならなくなったのだ」

なるほど、参啓がいった通りだ。

「俊介どの、毒で目をやられて見えぬということだが、具合はいかがかな」

はっ、と俊介は一礼した。

「参啓どののおかげで、だいぶよくなりました」

「見えるようになりそうかな」

「必ず見えるようになると、それがし、確信いたしております」

「それは重畳。参啓、よい仕事をしているようだな」

「ありがたきお言葉にございます」

参啓は平伏したようだ。

「良美どのは、ずいぶん美しいお方よな。お歳をうかがってもよいかな」

「はい、十七でございます」

「それだけお美しいのなら、縁談は降るほどあるのではないかな。もう嫁ぎ先は決まっておられるのか。それとも、俊介どのに嫁がれるのか」

その言葉を聞いて、俊介はどきりとした。

「いえ、まだなにも決まっておりませぬ」

良美はずいぶん落ち着いている。こういうときは、やはり女のほうが腹が据わるものなのだろう。

「さようか。良美どの、幸せになられよ」

不意にそんなことをいわれて、良美は戸惑ったのだろうが、すぐに頭を下げたようだ。

「きっと幸せになります」

「うむ、よい返事だ」

内蔵頭が満足そうにいった。その目が自分に向けられたのを俊介は覚った。

「して、俊介どの。そなたは何者かな」

本当のことをいうべきか、俊介は迷った。参啓にいってそのあるじに黙っているのは、ちがうような気がした。

「いや、なにも答えずともよいのだ」

優しい声がかけられた。

「実はもうわかっているのだ、俊介どの」

意外な言葉を聞いた、と俊介は思った。

「どういう意味でございましょう」

「言葉通りの意味よ」

ふふ、と穏やかな笑い声が降ってきた。

「俊介どのは、真田家の若殿だな」

ずばりいわれて、俊介は驚きを隠せない。

「余は俊介どのと話をするのはこれが初めてだが、顔を見るのは初めてではない。千代田城中で、余は俊介どのを見たことがある」

「さようでございましたか」

「あれは、俊介どのが上さまに目通りをされた折りであろう」

そうだったのか、と俊介は思った。内蔵頭は俊介という名を星右衛門から聞き、真田の若殿ではないか、とおそらく見当をつけたのだろう。そして今日、こうしてじかに顔を見て、その見当が外れていなかったことを知ったにちがいない。

「星右衛門の話を聞いているうちに、参啓の屋敷にいる俊介という者は、真田家の若殿ではないか、と思えてならなくなり、どうしても確かめずにいられなくなった。それで、わざわざおいでねがったというわけだ」

そういうことだったのか。俊介は納得した。

「良美どのは、久留米有馬家の姫でいらっしゃるな」

内蔵頭はまたもずばり言い当てた。さすがの良美も、これには声を失ったようだ。

「星右衛門から、俊介どの一行が九州からの帰りだと聞いて、余はなにか引っかかるものがあった。俊介どのと一緒にいる良美という女性は目がくらむほど美しいと、星右衛門はいっていた。目がくらむような美しさといえば、と余は思い出した。久留米有馬家に福姫、良姫と呼ばれる姉妹がおり、二人ともとんでもない美しさで評判であることをな。九州と聞いて引っかかったのはこれだったか、と得心がいったものよ」

内蔵頭が良美に笑いかけたようだ。

「良美どの、余の推測はまちがっているかな」

「いえ、合っております」

内蔵頭をまっすぐに見たらしい良美が、はっきりと答えた。

「俊介どのにしろ、良美どのにしろ、なにゆえいま岡山の地におられる。姫の身である良美どのは法度を犯しているわけではないからまだよいとしても、俊介どのはちと事情が異なるな」

「話せば長くなりますが、内蔵頭さま、よろしいでしょうか」

畳に両手をそろえて俊介は申し出た。

「聞かせてくれるか」

慈悲深さを感じさせる声で内蔵頭がいった。

「もちろんでございます」

軽く唇を湿らせた俊介は、寵臣だった寺岡辰之助が似鳥幹之丞に殺され、仇討旅に出たことから話をはじめ、今に至るまでのことをつまびらかに述べた。

「ほう、そのようなことが……。余のように家臣たちにかしずかれて、城中でのんびりと暮らしている者には、まったく想像もつかぬ経験をされてきたのだな」

内蔵頭は今、子を慈しむ父親のような目をしているのではあるまいか。

「俊介どの、よく話してくださった。余は俊介どののたちのことを、公儀に決して漏らすことはないゆえ、安心してくだされ」

「畏《おそ》れ入ります」

「俊介どの、お顔を上げてくだされ」

内蔵頭にいわれて、俊介はまだ畳に両手をそろえていたままだったことを知った。

「おまえたち、今なにか聞いたか」

これは、内蔵頭が二人の小姓に語りかけているのだ。

「いえ、なにも聞いておりませぬ」

「それがしも、聞いておりませぬ」

二人の小姓がうれしげに答えた。

「それでよい」

満足げな内蔵頭の声が響く。

「参啓——」

すぐに内蔵頭が御典医を呼んだ。

「俊介どのの治療代は、余につけよ」

「はっ、承知いたしました」

参啓が明るい口調で答えた。

「いえ、そういうわけにはまいりませぬ」

俊介はあわてていった。

「いやいや、俊介どの、ここは余に甘えてくだされ」

やんわりと内蔵頭にいわれた俊介は、その優しさに胸を打たれた。主君というのは、こうでなければならないのではないか。

「参啓のことだから代は相当高いのであろうが、余がいえば、少しは負けてくれよう。それに、参啓がなにゆえ金を欲しているかといえば、余にまったく関係ないとはいえぬ。その理由というのを、もしやすると俊介どのはすでにご存じかもしれぬな」

知っているという意味を込めて、俊介は深く頭を下げた。

「やはりそうであったか。さすがに敏いことで知られる御嫡男だけのことはある」

このいい方からして、内蔵頭は父の幸貫と懇意にしているのかもしれない。

「お父上は元気にされているか」

内蔵頭に問われて、俊介は晒の中の眉を曇らせた。

「あまりおよろしくないのかな」

晒越しに表情がわかったというより、俊介がなにもいわなかったことから、推察がついたのだろう。

「お具合は」

「それがしが旅の身ゆえ、はっきりとはわかりませぬが、あまりよろしくないのは確かでございます」

もう長くないかもしれない、とはいえない。

「さようか。江戸におれば見舞っているところだが。――俊介どの、これからもその似鳥幹之丞を追って旅を続けられるのであろうが、なにか必要なものはないかな。余にできることがあれば、なんでもいうてくだされ」

俊介は少し考える恰好をした。

「いえ、今は思いつくことはございませぬ。内蔵頭さまのお気持ちだけ、いただいておきます」

「そうか。俊介どの、仇討が成就することを余は祈っておるぞ」

「ありがたきお言葉にございます」

深々とこうべを垂れた俊介は静かに顔を上げた。

「内蔵頭さま、一つうかがいたいことがございます。よろしいでしょうか」

「なんなりときいてくだされ」

「もしや、城中でなにかあったのでありませぬか」

うっ、内蔵頭が詰まったような声を出した。もし俊介の目が見えなくなっていなかったら、おそらく聞こえていなかったのではないか、と思えるほど小さな声だ。多分、良美と参啓の耳には届いていないだろう。

「いや、俊介どの、大したことではないのだ。気になされぬよう」

「さようでございますか」

なにかあったのは確かだ。小事ではないのもまちがいない。とにかく、俊介など他家の者に話せるようなことではないのだ。

参啓にも知らされていないことから、池田家の要職のみで秘密にしなければならない大事であろうが、城中がこれだけただならぬ気配にあふれていることから、家臣たちには出動の命が下されているのかもしれない。

大勢の家臣を動かすというと、いったいなにが考えられるだろうか。

お家騒動の類で、反逆した者を討つということか。しかし、内蔵頭の声の雰囲気からして、そこまで切羽詰まってはいない。

「では俊介どの、良美どの、余はこれで失礼する。そなたたちに会えて、うれしかった。このことは生涯、忘れぬ」

「それがしも内蔵頭さまにお目にかかれて、たいへんうれしく思いました」

「私も幸せでございました」

「またいつか会えたらよいな。そのときには、二人の子を是非とも見たいものだ」

すっくと立ち上がる気配がした。その気配が横に流れてゆき、襖が閉まる音とともに消えた。

二人の子か、と俊介は思った。本当にそうなったらどんなにうれしいだろう。

だが、自分たちは大名の子だ。どうなるか、知れたものではない。

それでも、大名の子同士で行われた婚姻が、これまですべて政《まつりごと》絡みだったわけではあるまい。きっと互いを好き合って一緒になった者もいるはずである。

このことは、俊介を元気づけた。きっと俺たちも同じようになれよう。

「俊介さま、まいりましょうか」

参啓にうながされ、俊介は立った。良美に手を引かれ、控えの間に戻る。

「おう、戻ってきたか。早かったな」

弥八が機嫌のよさそうな声を上げる。

「そんなに早くはあるまい。弥八、勝江とずいぶん楽しいときを過ごしたのだな」

「それはそうだ。あと一刻ほどは、戻ってくれずともよかった」

「とにかく、仲がよいのはよいことだ」

俊介たちは本丸御殿を出て、その後、大手門をくぐり抜けた。

参啓の屋敷は城にほど近い。

「俊介さま、お疲れではないか」

参啓が俊介をねぎらったとき、なにか邪悪なものが近づいてきた気配があった。

怖さはなかったが、俊介は一瞬、寒けを覚えた。

「弥八」

弥八が俊介の前にさっと立った。

「うぐっ」

息が詰まったような声が聞こえた。参啓ではないか。

「参啓どの、どうした」

だが、参啓からはなにも返ってこない。

「参啓さま」

悲痛な声を発した良美が駆け寄ったのがわかった。狙われたのは自分ではなく、参啓であるのを俊介は知った。

「思い知ったか、参啓」

耳にしたことのない声が、勝ち誇ったようにいった。

「おまえは、俺のせがれを診てくれなかったな。おかげでせがれは目が見えないまま、川にはまって溺れ死んでしまった」

「——きさまっ」

怒号した弥八が俊介の前を離れ、突進したようだ。

ばしっ、と頰を叩くような音が響き、どたり、と体が地面に倒れ込む音が続いた。

「弥八、捕らえたか」

「捕らえた。気を失っている」

「参啓どのは」

「良美さんが見ているが……」

「血がたくさん出ています」

勝江が呆然という。刺されたのだ、と俊介は思った。怒りがわいてきた。地面に倒れているはずの賊を蹴りつけたかった。

「医者のところに運ぼう」

怒りを抑え込みつつ、俊介は冷静にいった。

「いや、先に血止めをしたほうがよい。このまま運んだら、医者に診てもらう前に死んでしまう」

「弥八、これを使え」

顔に巻かれた晒をくるくると外し、俊介は弥八に渡した。

かがみ込んだ弥八が参啓の傷口のあたりを晒でかたく縛ってゆくのが、音と気配からわかった。

「勝江、腕のよい外科の医者がどこにいるか、茶店の者に聞いてくるのだ」

「わかりました」

足音も荒く勝江が駆け去った。

「これでよし」

参啓の体を静かに持ち上げた弥八が、歩き出そうとする。

「医者はどこだ」

「弥八、しばし待て。いま勝江が聞きに行っている」

勝江の足音が戻ってきた。俊介には、その足音が二つ聞こえた。どうやら勝江は茶店の者を一緒に連れてきたようだ。

「医者はどこにいる」

弥八が茶店の者にたずねたようだ。

「こちらでございます」

若い娘の真剣な声がし、軽い足音が先導をはじめる。

「俊介さま、まいりましょう」

良美が俊介の腕を取った。

「良美どの、賊はどうしている」

「そこに倒れています。まだ気を失っているようです」

「逃がしてはならぬぞ」

わかっております、という勝江の凜とした声が聞こえた。

「茶店の人に、町奉行所の者を呼ぶようにいってまいりました」

「それでよい。縛《いまし》めはしてあるのか」

「いえ、まだなにもしていません」

「これを使え」

愛刀から下げ緒を取り、俊介は差し出した。手にした勝江は賊の両手を、力一杯、縛り上げたようだ。

「よし、行こう」

俊介はそばにいる良美にいった。すでに弥八はだいぶ先を行っているらしく、足音は聞こえない。

「良美どの、弥八の姿は見えるか」

「はい、見えます」

良美がこくりとうなずいたのが、わかった。

四町ほど歩いただろうか、薬のにおいが濃く漂っている場所に着いた。参啓は白い敷布の床に横たえられている様子である。

急患ということで、医者は他の患者を待たせて参啓の手当をしているようだ。

半刻ほどして、手当が終わったらしく、医者が俊介たちのいる待合室に出てきた。

「いかがです」

すぐさま立ち上がった弥八が医者にきいた。

「今は眠っている」

「助かりますか」

弥八が問うたが、医者はしばらく黙り込んでいた。

「正直に申し上げれば、なかなかむずかしい。かなりの重傷だ。手は尽くしたが、助からないかもしれない」

その言葉を聞いた俊介は、愕然とするしかなかった。畳にそろえているにもかかわらず膝ががくがくと揺れ、体が崩れそうになった。

「俊介さま」

それを横から良美が支える。

「信じられぬ」

俊介はつぶやいた。怒りがふつふつとわいてきて、それが一気にあふれ出しそうになる。

あまりの怒りで、顔から血が噴き出すのではないかとすら思えた。

賊は息子を失ったうらみから参啓を刺したようだが、なんという馬鹿者なのか。愚かとしかいいようがない。

参啓を殺したら、健斎も死ぬことになるのだ。そのせがれは、健斎には診てもらえなかったのだろうか。健斎のことを知らなかったのか。

健斎がいれば、これまで医者にかかれなかった者も診てもらえる。見えぬ目も見えるようになるかもしれないのに。

「くそう」

俊介は、おのれに腹が立ってならない。なぜ気づかなかったのか。自分のことばかり考えて、邪悪な気を感じたとき、参啓が狙われているとは、考えが及ばなかった。

あのとき気づいていれば、こんなことにはならなかった。

俺は馬鹿だ。未熟者だ。
助かってくれ、参啓どの。
こんなところで死なないでくれ。
そなたには、治すべき患者がまだたくさんいるではないか。

第四章　血刀大包平

一

目が覚めた。

一刻ほど眠ったのだろうか。すでに眠気は失せている。

立ち上がった総四郎は社殿の裏手に出て、そこに湧いている泉で顔を洗った。顔を手ぬぐいで拭きつつ、社殿に戻る。

行灯に火を入れつつ、あの侍は、いったい何者だったのだろうか。先ほど会ったばかりの旅の侍を、総四郎は脳裏に思い浮かべた。

もう一度空を飛んだ総四郎が魚見台に着地したときには、姿はなかった。

夜の城跡を見るのが好きだといっていたが、それが本当なら、まったく風変わりとしかいいようがない。

正直、夜の城跡などぞっとしないし、本当に当時の者の霊がさまよっているのなら、なおさら行きたくない。

また魚見台には行かねばならないが、霊に邪魔されるようなことはないのだろうか。聞かないほうがよかった、と総四郎は思った。

それにしても、あの侍は、本当に夜の城跡を見に来たのだろうか。からくりを目の当たりにしたときの驚きと喜びように嘘は感じられなかったが、俺のことを町奉行所に告げる気は、本当にないのだろうか。

総四郎の中で、なんとなく危惧がわき起こってきた。

殺してしまったほうが、やはり後腐れがなくてよかったのではないか。

だが、俺では殺れなかったかもしれない。腕は、まちがいなく向こうのほうが上だった。もし下手《へた》に仕掛けていたら、返り討ちにされていたのではあるまいか。

あの侍には底知れない薄気味悪さがあった。

なにもしなかったのが吉に出ることを、総四郎は期待した。こんな弱気は自分には似合わないが、やり合わなかったのは正解だろう。もし戦っていたら、俺は今ここにはいないのではないか。

それに、と総四郎は思い出した。幸吉が師匠で、自分がその養子だった旨を伝えたら、びっくりしていたではないか。あの驚きには、敬意も含まれていたように思える。

もういい加減、あの侍のことは忘れろ。忘れてしまえ。

総四郎は自らに命じた。あれこれ考えたところで、もはやどうしようもないのだ。

町奉行所の捕手や、池田家中の者たちが、いきなりこの社殿に踏み込んでくることはないはずだ。

黒装束に着替えた総四郎は、土間に置いてある油のたっぷり入った壺《つぼ》を、そっと木箱にしまった。木箱を、油紙で厳重に包み込む。さらに風呂敷で丁寧にくるみ、それを背中にくくりつけた。

ふつうの町人が着るような着物を、何枚かの手ぬぐいとともに、新たな風呂敷で包み込んだ。その風呂敷包みを油紙で幾重にも巻き、懐にしまい入れた。

ぽんぽんと胸を叩いて立ち上がった総四郎は扉を開け、社殿をそっと出た。

目の前に、果てしない闇が広がっている。灯りなど一つもない、まさに漆黒の闇である。どこかで梟が鳴いている。

その声に驚いたわけでもあるまいが。頭上の枝から小さな影が飛び、ばささささ、と羽音をさせて別の枝に移っていった。むささびである。

「相変わらず見事なものだな」

さすがに獣だけのことはあり、闇の斜面を滑るように飛んでゆく。

師匠と俺が作り上げたからくりも、むささびに似たようなものだろう。ただし、むささびは体に比して翼が小さく、風に乗って上昇することはできない。

だが、俺たちのからくりはそれができる。

だからといって、むささびより優れているという気はない。

歩みを進めた総四郎は矢坂神社の境内を出て、東に道を取った。

刻限は九つを過ぎ、すでに八つに近い頃だろうか。今は誰もが深い眠りに落ちている。

提灯は手にしていない。人っ子一人おらず、夜目が利くのに、どうして灯りの必要があるのか。

ここ岡山でも江戸と同じように、提灯を持たずに夜間歩くのは法度である。それを破ったからといって、なにか罰を与えられるわけでもない。

さらに歩き続け、総四郎は誰とも出会うことなく旭川のほとりまでやってきた。下手《しもて》に岡山城の石垣が見えている。

今宵は後園まで行かずともよい。この前は、番士、番卒がどのくらい後園に詰めているか、それを知るために忍び込んだ。

今回は、その必要はない。暮れ六つには、警護の士卒はほとんどいなくなるのがわかったからだ。

まったく手薄といってよい。別に守るべきものがないのだから、それも当たり前だろう。後園内には東屋や茶屋、能舞台などいくつかの建物があるくらいで、日が暮れれば訪れる者はないのだ。

足を運んだ総四郎は旭川のほとりに立ち、流れに身を浸した。相変わらず冷たいが、この前よりは若干、あたたかいような気がする。季節が進んだ証といえようか。

ほとんどないように見える流れに、総四郎は身を任せた。よどんでいるように見えるだけで、実際には力強く旭川は流れているのが、こうしてたゆたうようにしていると、よくわかる。

岡山城の本丸に近づいたところで少しだけ泳ぎ、総四郎は流れに洗われている石垣に手を伸ばした。

石と石の隙間に指をこじ入れ、石垣に取りついた。休むことなく、石垣をよじ登りはじめる。背中に負っている油の壺が少し重く感じられるが、大したことはない。

ぐんぐん登ってゆくと、頭上に屋根つきの塀が見えてきた。石垣の上に両足を踏ん張り、総四郎は先端に重しのついた縄を塀の向こう側に投げた。

縄の先端は塀の屋根にがっちりと引っかかった。手応えでそれを確かめてから、総四郎は縄を伝って塀を乗り越えた。武者走りに足を着き、姿勢を低くした。

誰も自分に気づいた者はいない。あたりの気配を少しうかがっただけで、総四郎は闇の中を天守に向かって走りはじめた。

すぐに足を止め、天守を見上げた。真っ黒な空を背景に、黒々とした天守が高々とそびえている。ここは天守の裏側に当たり、池田内蔵頭が眠りこけているはずの本丸御殿は反対側にある。

　実際のところ、内蔵頭は眠れているのだろうか。それとも、奪われた大包平のことが気にかかり、ろくに睡眠をとれずにいるのだろうか。

　そのようなことは、どうでもよい。今宵が内蔵頭のとる最後の眠りということになるのだ。まさか明日、死ぬことになるとは、内蔵頭は思っていないだろう。

　総四郎は背中から油壺の入った木箱を下ろし、ぐっしょりと水を吸っている風呂敷をほどいた。油紙を取り、木箱の蓋を外して、中から油壺を取り出す。

　油壺を手にした総四郎は、手を伸ばせば触れられるところまで天守に近づき、柱が露出しているところに油をたっぷりと撒いた。

　壺は空になった。もう用済みである。わざわざ持って帰る必要はない。総四郎は壺を近くの茂みに投げ捨てた。

　これで、と手を静かに払いながら思った。とりあえずやれることはすべてやった。

　あとは暮れ六つを待てばいい。

　闇を引き裂くように疾走し、総四郎は武者走りに戻った。縄は塀の屋根に引っかかっていた。それを外し、ぐるぐると巻いて、懐にしまい入れた。それから、ひらりと塀の屋根に乗った。

よし、行くぞ。

総四郎は屋根を蹴った。旭川に向かって体が落ちてゆく。どぼん、と音が立ち、全身が水に包まれた。

淵を選んで身を投じたから、足が底に着いてしまうようなことはない。

今の水音は櫓に詰めている番士たちの耳に届いたかもしれないが、だからといって、なにも気にする必要はない。

大包平が盗まれた今でもせいぜいが、鯉《こい》がはねたか水鳥が騒いだのではないか、と思うくらいなのではないか。大名家の家臣など、その程度だ。

自分に災いが降りかかってこない限り、すべては他人事《ひとごと》である。

淵から顔を出した総四郎は、旭川の流れに乗って下流を目指した。

西岸に近づくように泳ぎ、やがて京橋の橋脚につかまった。京橋沿いにさらに西へ泳いで、岸に上がる。

着物から水がしたたり落ちる。

懐から着替えが入った風呂敷包みを取り出し、素早く黒装束を脱ぎ捨てる。手ぬぐいを取っ替え引っ替えして体を拭き、着替えの着物を身につけた。さすがに体は冷えているが、この程度で風邪を引くほど、柔にはできていない。

だが、なにしろ暮れ六つに決行なのだ。体調は万全にしておきたい。

濡れた黒装束をしぼり、十分に水を切った上で風呂敷に包み直し、懐にしまい入れた。

さて、帰るか。

しかし、どうしたことか、ひどい疲れを覚えている。今から矢坂神社に戻るのが、億劫《おっくう》に感じられる。

ちと、このあたりで寝ていくか。

見ると、すぐ近くに小さな建物があった。山陽道沿いに設けられている地蔵堂の一つだ。

地蔵堂の扉を開け、総四郎は中に入り込んだ。扉を閉めると、小さな地蔵が立っているのに気づいた。中は少しかび臭いが、床板は乾いている。

これなら十分すぎるほどだ。横になり、総四郎は目をつむった。

いきなり眠気が襲ってきた。

ああ、俺は本当に疲れているのだな。この分なら、すぐに眠れよう。

そんなことを考えているうちに、総四郎はもう眠りに落ちていた。

二

いやな夢を見ていた。

内容がどんなものだったか、俊介は覚えていないが、背中にはじっとりと粘る寝汗をかいていた。

なにかに追われているようだった気もするが、判然としない。

なにゆえ、いやな夢を見たのだろう。

参啓が襲われ、深手を負ったことと関係がないはずがない。

部屋の中に風が吹き込んだわけでもないのに、行灯の炎が躍っているらしく、壁や襖にゆらりとした影を映しているようだ。

そのことがうっすらとだが、俊介はわかった。どきん、と心の臓が力強く鼓動を打った。本当に目はよくなっているのだ。跳び上がりたくなるほど俊介はうれしくなった。

ああ、目は治る。必ず治るのだ。また前のように見えるようになるのだ。

あきらめずに岡山まで来て本当によかった。

この喜びを良美に伝えたい。

すぐそばで、安らかな寝息が聞こえている。甘い吐息のにおいもする。

良美は眠っているのだ。正座したまま壁に背中を預け、目を閉じているのだろう。眠っている良美の面《おもて》にも、ときおり行灯の影が映り、揺れているのではないか。

きっと美しい寝顔をしているにちがいない。見たくてならなかったが、目はまだそこまでよくなっていない。

ほかにも寝息が聞こえてくるのに、俊介は気づいた。こちらは良美のものとは異なり、かなり荒い。

いや、寝息というようなものではない。なにか獣のうなりのようにも聞こえる。

参啓どのだ、と俊介は覚った。衝立の向こうに参啓は寝かされている。

匕首で刺された参啓を町医者のもとに担ぎ込み、応急の手当をしてもらったあと、勝江を岡山城に走らせ、参啓が襲われて危篤であると知らせた。すると、参啓の屋敷に運んでほしいという命があった。そこに御典医を送るからとのことだった。

動かすことに危惧を抱いた俊介が、運び出しても大丈夫なのか、と町医者にきくと、ゆっくりと静かに行けば傷口が開くことはまずないでしょう、との答えが返ってきた。町医者は、おのれが施した手当にかなりの自信を持っているようだった。

俊介たちは戸板を用い、参啓を屋敷に運び込む決心をした。もちろん、俊介は戸板を持つことなどできない。持つことはできるが、運ぶことができない。

それで、診療所の近所に住む町人たちの力を借りることにした。

町医者の呼びかけで、四人の男が診療所にやってきた。戸板で運ぶのが金に汚いといわれる御典医の参啓だと知って、中には尻込みした者もいたが、参啓どのこそがかの健斎どのなのだぞ、と俊介が諄々《じゅんじゅん》と説くようにいうと、ええっ、と四人の男は一様に驚き、それが本当のこととわかると、むしろ勇んで戸板を運びはじめた。

参啓を屋敷に運び入れ、自室に寝かせてしばらくしたのち、御典医の休淡《きゅうたん》という医者がやってきた。

最初に参啓の手当をした町医者は外科として相当のものらしく、休淡も、いい腕をしていますな、とほめていた。

夜になるまでずっと参啓の様子を見ていた休淡は、いま容体は安定しています、と俊介たちにいった。今夜が山ということはありません、ともいった。

ここ数日間こそが山でしょう。これを乗り切れば、まず大丈夫でしょう。とにかく安静にしていること。傷を治すのは、なにかあったらすぐに知らせてください、といい残して休淡はいったん城に戻っていった。

参啓どのの様子を知りたいものだ、と俊介は思った。果たして息が荒いだけなのか。容体に変わりはないのか。

だが、よく眠っている良美を起こすのも忍びない。

弥八と勝江は、隣の部屋にいるのだろう。仲むつまじい俊介と良美に遠慮して隣の部屋に控えたようだが、実のところは、二人きりで過ごしたいのではあるまいか。

弥八と勝江は今、なにをしているのか。隣の部屋は静かなものだ。

そちらからも、寝息が聞こえてくるのを俊介は知った。あれは勝江だろう。眠っている勝江を、弥八は見守っているということか。

そっと立ち上がった俊介は、衝立の向こう側をのぞき込む姿勢を取った。

「おう、俊介さん、起きたか」

いきなり目の前から弥八のささやき声がして、俊介は仰天した。

「おっ、弥八、ここにいたのか」

なんとか小さな声で返すことは、忘れずにすんだ。しかし、まさか弥八が衝立の陰にいるとは、夢にも思わなかった。さすがに忍びの末裔といってよいのか、気配をまったく感じさせなかった。

いや、弥八が凄いのではなく、自分が未熟なだけなのかもしれない。

きっとその通りなのだろう。その未熟さのせいで、参啓に深手を負わせてしまったのだから。

あまりの申し訳なさと情けなさに、俊介はため息をつきたくなったが、弥八にそんな顔は見せたくなく、我慢した。

「俊介さん、ずいぶん驚いたようだが、俺がここにいてはおかしいか」

弥八がやんわりときいてきた。

「そのようなことがあるはずがなかろう」

「俺と勝江さんと交代で、参啓さんの様子を見ることにしたのだ。俺はさっき交代したばかりだ。勝江さんは、そちらの部屋で眠っていよう」

「なるほど、そういうことだったか」

手探りで衝立を回り込み、弥八の隣に座る。

「参啓どのの具合は」

俊介は低い声で弥八にきいた。

「正直、わからん。よく眠っているようだが、息はこうして荒いままだ。休淡さんを呼んだほうがいいのかもしれんが、勝江さんによると、ずっとこの調子だったらしい。容体に変わりはないから、休淡さんを呼ぶことはないのかとも思う。朝になれば、どのみち休淡さんはやってこよう。俺としては、様子を見守っているといったところだ」

「いま何刻だ」

「まだ八つにはなっていなかろう」

「弥八、少しは寝たのか」

「もちろんだ。先ほどまでぐっすりだ」

「ならばよい」

「俊介さん、顔色がよくないようだな。どこか具合が悪いのか」

「いや、そんなことはない。ただ、いやな夢を見たようだ。そのせいかもしれん」

「どんな夢かわからんのか」

「いやな夢だったという記憶だけが残っている」

「いやな夢なら、思い出さないほうがよいではないか」

「確かにな」

顔色がよくないか、と俊介は思った。せっかく目がよくなる兆しを見せはじめたというのに、胸中にいやな予感が漂っているような気がしてならないのだ。それがなんなのか、さっぱりわからないことが、気持ちを苛立たせる。

「弥八、ちと厠《かわや》に行ってくる」

「よし、ついていこう」

「いや、一人で行ける」

「本当か」

弥八が顔を輝かせたようだ。

「もしや目が見えるようになったのか」

「そうではない。少しだけ明るさがわかるようになったに過ぎぬ」

「それでも、すごいことではないか」

「俊介さま、まことですか」

抑えてはいるが、喜びを隠しきれないといいたげな声がした。衝立越しに良美が顔をのぞかせているのだ。

「良美どの、まことのことだ」

「うれしい」

衝立を回り込んで、良美がやってきたのが知れた。甘いにおいと柔らかな体を抱き止めることになって、俊介はどぎまぎしたが、心は弾んでいた。悪い予感が払拭されたような気になった。

抱き合う二人を目の当たりにして、弥八がどんな顔をしているのか、俊介はなんとなく気になった。

「俊介さま、一緒に厠にまいりましょう。実は私も行きたいのです」

熱を帯びた声で良美が誘ってくる。

「ああ、行こう。弥八、かまわぬか」

「かまわぬもなにもないさ。我慢するほうが体に悪かろう」

「では、行ってくる」

いつものように良美に手を引かれて、俊介は廊下を歩きはじめた。良美の手の感触にはだいぶ慣れたはずなのに、今もどきどきしている。我ながら、うぶだと思う。

厠は廊下の突き当たりにある。どこからか、夜風が流れてきたのを俊介は感じた。せいぜいがそのくらいで、この屋敷に乗り込んで、俊介の命を狙ってやろうとするような気配は感じ取れない。

俺の身は、今宵は平穏ということか。

だが、そのことがまったくうれしくない。

「俊介さま、本当にようございました」

「うん、ああ、目のことか」

「はい、先ほど私はうれしくて涙が出ました」

「かたじけない。俺のために泣いてくれるのは、この世で良美どのだけだろう」

「そんなことはありません。俊介さまのために涙を流す人は、たくさんいると思います」

重傷を負った参啓が床に伏しているこんなときだが、俊介は良美を抱き締めたくなった。

「俊介さま、着きました」

いきなりいわれ、俊介はどこか肩透かしを食らった気分になった。

「どうぞ、お入りください」

良美が扉を開けてくれた。

「俊介さま、どこになにがあるか、おわかりになりますか」

「ここは小便器の厠だな」

「さようでございます。突き当たりに、朝顔のような形をしたものがついています」

「わかった。ありがとう」

手で探りながら俊介は厠に入った。小便器がどこにあるかは、すぐに知れた。前をくつろげて用を済ませ、厠を出る。

廊下に良美はいなかった。まだ厠のようだ。良美を待って、俊介はおとなしくその場に立っていた。

参啓どのを刺した男はどうなったのか。そんな思いが浮かんできた。

町奉行所に連れていかれたのはまちがいないが、そのあとどうなったのか。

今は牢屋に入れられているのだろう。裁きはまだだろうが、いずれ死罪の沙汰が下るのだろうか。

この前、この屋敷に押し込んできた二人組もそうだったが、池田家の御典医を刺して、ただで済むわけがない。

診てもらえなかった息子が川にはまって死んだことでうらみを抱き、参啓を刺した。そうすることに、いったいなんの意味があるのだろう。うらみが晴れるのだろうか。後悔しか残らないのではないか。

人のすることに意味を求めても、それこそ本当に意味がないのかもしれない。

扉が開く音がし、お待たせしました、という良美の声が届いた。手水鉢《ちょうずばち》で手を洗う音が聞こえてきた。

「俺も洗わせてもらおう」

「こちらです」

また良美が手を引いてくれた。かがみ込んで俊介は手を洗った。

どうぞ、と良美が手ぬぐいを渡してきた。

「かたじけない」

ふんわりとした感じの手ぬぐいで、俊介は手を拭いた。

「これはとてもよい手触りだな」

「さようですか。俊介さま、その手ぬぐいは私が洗っておきます」

「えっ、良美どのが洗うのか」

良美がくすりと笑いを漏らした。

「意外そうなお顔をなさらないでください。この旅に出てから、私も自分で洗うようになりました。なんでもかんでも、勝江に任せておけばよいというものではありませんから」

「それはとてもよい心がけだな。では、この手ぬぐいも良美どのが洗ったのか」

「そうです。がんばりました」

「とても上手な洗い方だな。心がこもっているのがわかる」

「そうおっしゃっていただくと、うれしく思います。私にもできることがあるのがわかったのですから。――私、この旅に出て、本当によかったと思っています。自分がいかに未熟だったか、思い知りましたから」

「それは俺もだ」

俊介さま、と良美が優しく呼んだ。

「あまりお一人で背負い込まれぬほうがよいと存じます」

気づいていたのか。俊介の心は、ぬくみのようなもので満たされた。

「わかってはいるのだが、性分だな。今も、ときが戻ればどんなによいかと思う。そうすれば、目が見えぬといえども、俺が参啓どのを守ってやれるのに」

「実は私も同じことを考えていました。あのとき、私はいやな感じを覚えていたのです」

そうだったのか。勘の鋭いおなごだから、さもありなんという気がする。

「ただし、私には俊介さまのことだけが頭にあり、俊介さまを害そうとする者が近くにいるのではないか、と思ったのです。ですから、あのときは私、俊介さまのほうだけを見ていました。そうしたら、あろうことか参啓さまがあのようなことに……」

良美がうつむいたらしい。ため息が聞こえてきた。

すぐに顔を上げたようで、俊介を見つめてきたのが知れた。

「俊介さま、戻りましょうか」

いつまでもくよくよしていられないと思ったのか、力強さを感じさせる声だ。

その通りだな、と俊介もできるだけ前向きに考えようと決意した。

二人は廊下を歩き、参啓の部屋のそばまでやってきた。

このまま襖を開けて部屋に入ってしまうのが、俊介にはもったいなく感じられた。

「良美どの」

「はい」

良美の顔がすぐそばにあるのがわかり、こらえきれなくなった俊介は腕を伸ばし、抱き締めた。

「俊介さま」

あえぐようにいって、良美がしがみついてきた。

かたく抱き合った。俊介は良美のぬくもりを感じた。良美も俊介のあたたかみを感じているのではあるまいか。

こんなときだが、俊介はこれ以上ない幸せを感じた。ずっとこの瞬間が続いてほしい、と願った。

「良美どの」

そっと呼びかけて、俊介は良美を見つめた。

自然に唇と唇が引き寄せられた。

柔らかくて熱い。

しばらく互いの唇を吸い合っていた。

唇をそっと離し、俊介は良美を思い切り抱き締めた。

この娘を妻にすることができたら、どんなにすばらしいだろう。
もはや俊介は、良美以外、妻にする者は考えられずにいる。
この娘を妻にするために、俺は力を尽くさねばならぬ。全力を尽くさねばならぬ。
そうすれば、きっとうまくいくにちがいない。
力を尽くす者に、天は必ずほほえんでくれるはずだ。
心のどこかに、どんなに望んでもそれはかなわぬことかもしれぬ、という思いがある。
いや、そのようなことを思ってはならぬ。
必ずこの娘を妻にしてみせる。
明るい。
それを俊介は感じた。
「良美どの、朝がきたのではないか。部屋の中が明るくなっておらぬか」
「陽射しが入り込んできています。俊介さま、それがわかるのですね」

「うむ、はっきりとわかる」

「俊介さん、目が、ますますよくなってきたようだな」

弥八が我がことのように喜ぶ。

「うむ、これも参啓どののおかげだ」

込み上がってくるうれしさを噛み締めて、俊介はいった。

「でも、参啓さまがこのようなことになり、俊介さまの薬はこの先、どのようになるのでしょう」

勝江が心配そうにいった。うむ、と俊介は顎を引いた。

「まだ薬を続けなければ、目は見えるようにならぬのだろう。その薬は、参啓どのが特別に調合したものといっていたからな。今は考えたところで仕方がない。とにかく、参啓どのが快復することを祈るしかない」

参啓の容体は変わらない。今も荒い息をし、ひたすら眠っている。夢でも見ているのか、ときおりうなされることがある。そうではなくて、傷が痛むのだろうか。

玄関のほうに人の気配がした。下男の安造が休淡を案内してきた。安造も参啓のことが案じられてならないようで、青い顔をしていた。あまり寝ていないのかもしれない。参啓の容体を休淡にしきりにきいてから、戻っていった。

俊介たちと朝の挨拶をかわしたあと、休淡はさっそく参啓を診た。脈を取りながら、俊介たちにたずねてくる。

「別に昨夜は参啓さまに変わりはありませんでしたか」

「はい、自分たちが見る限り、変わったところはありません」

しっかりした口調で良美が伝えた。

「ならばよいが、手前も心配でなりませんでしたよ。手前が参啓どのにつきっきりでいられればよいのだが、今もう一人重篤の患者を抱えているのです」

池田家の重臣だった人が、つい先日に遠駆けに出た際、馬が暴れ、地面にひどく叩きつけられたのだそうだ。頭を強く打って気を失い、それ以降、目を覚ましていないとのことだ。

「もう隠居なされて久しいのですが、以前は家老をつとめられたお方です。夜はそのお方につきっきりですので、参啓さまのほうがどうしてもお留守になってしまいます」

「夜通し働かれて、お疲れではないですか」

気遣って良美がきく。

「疲れがないというと嘘になりますが、今はやるしかありません。それにまったく寝ていないというわけではありません。まとまった睡眠がとれないというだけですから」

医者とはこうあるべきなのではないか、と思わせる声である。

「ああ、そうそう。俊介さま、目薬を差しましょう」

参啓を診終わった休淡がいった。

「えっ、目薬があるのですか」

驚いて俊介はきき返した。おそらく良美も弥八も勝江も、目をみはっているのだろう。

「はい、ございますよ」

その理由を休淡が告げる。

「参啓さまは、ご自分がこういうふうになられるのを予感していたわけではないでしょうが、つい先日のこと、俊介さまの薬の処方を事細かに記された紙を、手前に渡してきたのです。こうしておけば安心ゆえお頼みします、とおっしゃって。手前も目は診ますので、薬はそろっています。今朝、参啓さまの処方通りに調合してきた薬があります。二種類ですよ」

冷たくなるのとあたたかくなるものだな、と俊介は思った。

休淡が二種類の目薬を差してくれた。

目の中の重みが取れ、俊介はさらに目が軽くなったような気がした。

「いかがですか」

「とても効いている。それは、はっきりとわかる」

「それはようございました」

休淡が顔をほころばせたようだ。

「とにかく、参啓さまの技がすばらしいのですよ。患者一人一人に合った薬を、次々に作り出されてゆくのですから。手前にはとても真似できません」

だからこそ、山陽道随一の目医者といわれるようになったのだろう。

ところで、と俊介はいった。

「その家老だった人は、よくなりそうなのか」

休淡が首をひねったらしい。

「医者として、このようなことを申していいものか。いや、正直なところ、手前にもよくわからないのですよ。いつ目を覚まされてもおかしくはない。このままずっと眠ったきりということも、また考えられるのです。頭を打った事例というのは、特に難しいのです」

「それは大変だな」

ごく当たり前の言葉しか、俊介は返せなかった。

「それに加え、今は手前だけでなく、他の御典医の方も大忙しなのです」

「それはまたどうしてだ。重臣たちに病がはやっているのか」

「いえ、病ではありません。気鬱《きうつ》のようなものです」

「重臣たちがそろって気鬱なのか。そういえば昨日、内蔵頭さまにお目にかかったが、なにやら気がかりがありそうなお声だった」

「さようでしょうね。お殿さまも、御懸念が深いでしょうから」

「懸念か。やはり城内でなにかあったのだな。なにがあったか、休淡どのは知っているのか」

「手前に入ってくるのは噂話だけですから、真偽のほどは正直なところ、わかりません」

噂というのは、意外に真実を衝いていることが多いものだ。

「噂話でよいから、話してもらえぬか」

はあ、と休淡がいった。

「よろしゅうございます。ただし俊介さま、他言無用にお願いいたします」

こういわれれば、決して俊介は他者に漏らすことはない。口の堅さは、自分の数少ない美徳だと思っている。

「承知した」

どういうふうに話すべきか、休淡は考えていたようだ。

「俊介さまは――」

低い声で休淡が呼びかけてきた。

「大包平をご存じですか」

俊介は少し考えた。

「名刀工の備前国包平が打った大業物だな。平安の昔に打たれた名刀と聞いている。そういえば、大包平は池田家が所蔵しているのだったな」

天下に隠れもない名刀として知られる大包平が、岡山にあるのはむろん知っていたが、今の自分は見ることができない。

はなから俊介は大包平のことを考えないようにしていた。

「大包平がどうかしたのか」

俊介は休淡にきいた。

「それが、つい先夜、宝物庫より盗まれたという噂があるのです」

ええっ、と勝江が声を出した。良美は息をのんだようだ。

「なんと、大包平が盗まれたと申すか。下手人は捕まっておらぬのだな」

だからこそ、内蔵頭や重臣たちがそろって気鬱を患うことになっているのだろう。

大包平は、日の本の宝といってよいほどの刀といわれているのだ。織田信長や豊臣秀吉麾下《きか》の武将として名高い池田輝政をして、一国に代えがたい、といわしめた名刀である。

それほどの刀が盗まれたとあらば、気持ちが塞いで体の不調につながるのは、当然のことではないか。

「話はそれで終わりではないのです」

　やや暗い声で休淡が続けた。

「というと」

「大包平を盗み出した賊が、どうやら金を要求してきたようなのです」

「大包平と引き替えということだな」

「なんでも、その額は二千両とか」

　一国に代えがたいほどの名刀なら、二千両でも安いと思うが、果たしてそれだけの金が池田家にあるものか。

　あるにしても、出さないかもしれない。大包平と金を引き替えにするとき、賊を捕らえてしまえば、そんな大金はいらない。

「大包平と二千両の取引はいつ行われる」

「今日という話です」

「刻限は」

「暮れ六つと聞いています」

「場所を知っているか」

「いえ、さすがにそこまでは」

そうか、と俊介はいった。だが、それは家中の動きなどを注視していれば、わかることだろう。弥八に調べてもらうか。

「俊介さん、駄目だぞ」

それまでずっと黙っていた弥八がいきなりいった。

「俺に家中の様子を探らせようというのだろう。駄目だ。参啓さんがこんなときに、ここを離れられるわけがない」

「ああ、そうだな。弥八のいう通りだ」

俊介は、自分の愚かしさを思い知った。

「池田家のことは、池田家に任せておけばよいのだ」

弥八に強くいわれ、わかった、と俊介は深くうなずいた。

大包平の件は、今は考えぬことにしよう。

三

引き抜いた。

大包平の刀身に行灯の光が映り込んでいる。つややかだが、どこか妖《あや》しさもある。鈍い光を映じているように見せて、鋭くきらめくこともある。引き込まれそうな光に、総四郎の目は釘づけになった。

やはりすごい刀だ。天下に二振りとない名刀だけのことはある。

我がものにしたい。してしまえばよい。なんの遠慮もいらん。

あと半刻ばかりで暮れ六つを迎える。

そのとき俺は、と総四郎は思った。この刀とともに空を飛ぶのだ。

暮れ六つ前まで、あと半刻ほどになった。

大役を担わされたことに、屋島冬兵衛は胸が痛くなった。胃も痛い。逃げ出したい気分だ。本当に逃げてしまおうか、と思う。

だがやらねばならぬ、とすぐに思い直した。せっかく、汚名をそそぐ機会を与えられたのである。

それに、どうせ逃げるのだったら、もっと早くに機会があった。宝物庫を破られたのがわかり、青くなった同役の二川瀬吉が、逃げてしまおうか、と持ちかけてきたときだ。なにも考えずに逃げるのなら、あのとき以外なかっただろう。

しかしながら、残される家人のことを思い、冬兵衛は逃げなかった。こうして汚名返上の機会がやってきたのだから、その判断はまちがっていなかったということになる。

馬は二頭、用意されている。一頭は池田内蔵頭の替え玉として冬兵衛が乗る。もう一頭には、二つの千両箱が積まれるのだ。その馬を引くのは瀬吉の役目である。

首を曲げ、冬兵衛は本丸を眺めた。夕暮れの気配が迫る中、黒い天守が見えている。

あそこに、と冬兵衛は思った。殿はいらっしゃるのだろうか。天守からなら、西川原はよく見えるにちがいない。

「よし、支度は終わったぞ」

神楽権兵衛が声をかけてきた。馬の背を挟むように二つの千両箱が見えている。その上に権兵衛が筵《むしろ》をかけ、自ら縄で縛った。

「大目付さま。その千両箱には本物の小判が入っているのですか」

気になって冬兵衛はきいた。

「どう思う」

問い返された冬兵衛は、入っておらぬと思ったが、そう答えるのも悪いような気がして、入っていると思います、と告げた。

「残念ながら本物ではない」

「では、中身はなんですか。ずいぶん重そうですが」

「石ころよ。旭川の河原で拾わせたものだ」

「石ころですか」

呆然としていったのは、瀬吉である。

「そのようなものを使って、大丈夫でしょうか。大包平は戻ってまいりましょうか」

「仕方あるまい」

傲然とした口調で、権兵衛がいい放つ。

「大きな声ではいえぬが、我が池田家も他家と同様、台所は火の車だ。二千両など用意できようはずもない」

「大丈夫でしょうか」

心細げに瀬吉がもう一度いう。

「大丈夫に決まっておる」

しつこいとでもいいたげに、権兵衛が大きな声を発した。

「金をやる前に、賊は捕らえるのだ。殺してしまってもよい。千両箱の中身が本物だろうが偽物だろうが、関係ないのだ」

「もし賊が大包平を持っていなかったら」

「そのときは殺さずに捕らえるのだ」

権兵衛が厳しい目を向けてきた。

「そのときは、よいか、おぬしら二人が最初にかかるのだぞ。承知か」

「わかっております」

腹に力を込めて冬兵衛は答えた。

「必ず捕らえよ」

「あの、お味方はおらぬのですか」

「もちろんおる。だが二川、他の者に任せようと思うな。自分たちの力で賊を捕らえるのだ。おぬしらが、こたびのしくじりを取り戻す手立てはそれ以外ないと心得よ」

「承知いたしました」

「よし、そろそろ出発せい。西川原に早く着く分には賊も文句はいうまい」

権兵衛にいわれ、冬兵衛は馬に乗った。幸い乗馬は得手だ。馬に乗ることには幼い頃からなじんでいる。

「なかなかよく似合っておるぞ」

冬兵衛を見上げて、権兵衛が小さく笑う。冬兵衛たちの緊張を、笑顔を見せることでほぐそうとしているようだ。

「屋島、まこと殿のように見えるぞ」

冬兵衛は上質の着物を着用し、その上に陣羽織をまとっている。

「よし、これを」

権兵衛が頭巾を渡してきた。受け取り、冬兵衛はかぶった。

「うむ、顔が隠れたら、さらに殿にそっくりになりおった」

すぐさま笑みを消し、権兵衛が大目付らしい厳しい顔つきになった。

「行ってまいれ。期待しておるぞ」

うなずきを返し、冬兵衛は馬腹を軽く蹴った。首を振って、馬が素直に歩き出す。

馬を引いた瀬吉が後ろに続いているが、これから刑場に連れていかれるような顔をしているのではあるまいか。

冬兵衛たちはいま二の丸にいる。城の南側に設けられていることから南門と呼ばれる門は、開け放たれている。冬兵衛たちはゆっくりと通り抜けた。

少し南に行くと、山陽道にぶつかった。

街道には、今日も大勢の者の姿がある。岡山界隈で暮らしているらしい町人や百姓の姿が目立つが、むろん旅人も少なくない。日暮れまでまだ少し間があることから、岡山で投宿せず、次の宿場を目指す者も少なくないようだ。

馬に乗った冬兵衛は山陽道を東に向かった。旭川に架かる京橋、中橋、小橋の順に渡ってゆく。

旭川を過ぎると、山陽道は徐々に北に向きを変えてゆく。冬兵衛たちはしばらく山陽道を進んだが、やがて左に向かう脇道に入り込んだ。

あたりからは人家が消えつつある。いくつか百姓家は散見できるが、冬兵衛たちは広大な原っぱの中の道を進んでいた。

「屋島どの、わしらはもう西川原に入っておるのではないのか」

後ろから瀬吉がきいてきた。

「うむ、入っておるな」

「西川原とひと口にいっても広いが、どこに行くのだ」

「西川原といえば、昔の大水で溺れた者たちの供養塔が立っているではないか。あそこに行けばよいそうだ」

「ならば、もうじきだな」

「ああ、もうすぐ見えてこよう」

あたりは暗くなりつつある。あと少しで、太陽は西の山々の向こう側に落ちそうだ。

やがて、供養塔の細長い影が冬兵衛の目に入った。

夕暮れが迫ってくる中、瀬吉は相変わらず青い顔をしているようだ。

――いよいよだ。

池田内蔵頭は、腹が重くなってきたのを感じた。これがあると、次に胃痛がはじまる。

たわけ者に襲われ、重傷を負った参啓のことが心配でならないが、今はどうしても目が西川原に向いてしまう。

天守の最上階の回廊に立って目を凝らすと、だいぶ暗くなってきた中、二頭の馬が遠目に眺められた。馬に乗る屋島冬兵衛と馬を引いている二川瀬吉の姿も望める。二人は、すでに供養塔の間近まで来ているようだ。

あのあたりに大勢の伏勢がいる。どこにいるのか、ここからではまったく見えない。

振り返った内蔵頭は開け放してある板戸を通じて西の空を見た。太陽は山の向こうに半分以上、没している。じき暮れ六つである。

回廊に立ち、微動だにすることなく内蔵頭は西川原を見つめ続けた。

やがて太陽が完全に没した。西の空には残照が見えている。

暮れ六つである。

賊は来るのか。

今のところ、西川原に動きはまったく感じられない。

だが次の瞬間、内蔵頭は目をみはることになった。

おっ。

火が出たのだ。ただし、西川原ではない。ずっと手前である。

「あれは後園だな」

後園から火が出たのだ。小姓や近習《きんじゅ》たちも内蔵頭のそばに来て、呆然と火を見つめている。

方角からして、燃えているのは延養亭《えんようてい》か、それとも能舞台だろうか。

「あれは、延養亭にございますな」

近習の一人が無念そうにいった。

茶屋とも呼ばれているが、池田家当主の静養や賓客《ひんきゃく》の接待、学者の講義などが行われる、後園の中で最も重要な建物である。

どうして延養亭が燃えなければならないのか。いったいなにが起きているのか。これは、大包平の一件と関係があるのか。

内蔵頭にはわけがわからない。

ようやく今になって、半鐘の音が聞こえはじめた。

むう。内蔵頭はうなり声を発した。遅い、遅すぎる。今から駆けつけるのでは、延養亭は全焼してしまうだろう。

いても立ってもいられない。だが、自分が行ったからといって、なんになるというのか。

そのとき、背後からかすかな風音のようなものが聞こえてきた。

なんだ、と内蔵頭が振り向くと、とてつもなく大きく、怪鳥としか呼びようのない鳥が回廊に降り立ったところだった。

いや、鳥ではない。胴の下から人があらわれ出てきたのだ。怪鳥は回廊にとどまっていられず、ぐらりと揺れて、ゆっくりと下に落ちていった。

黒装束で身を固めた賊は、白木の大刀を手にしている。

——あれは。

内蔵頭は刮目《かつもく》した。

大包平ではないか。

なにゆえ、ここに大包平を持った者があらわれるのか。

「曲者っ」

「なにやつ」

小姓や近習が叫び、内蔵頭の前に立つ。いずれも脇差しか帯びていないが、次々に抜き放つ。

腰を落とした賊が大包平をすらりと抜いた。

内蔵頭自身、久しぶりに大包平の刀身を見たが、やはりすばらしすぎるほどだ。神々しく、まともに見るにはまぶしすぎるような光を帯びている。

行くぜ、と黒頭巾越しに、賊の唇が動いたように内蔵頭には見えた。だん、と床を蹴り、賊が突っ込んできた。その姿には殺気がみなぎっていた。

——狙いは余か。

慄然《りつぜん》として内蔵頭は覚った。

はなから自分の命が目的で、目の前の賊は大包平を奪い、その上で矢文を送りつけてきたのだ。

この賊はいったい何者なのか。

脇差で斬りかかった近習が、肩口から血を噴いて戸板に突っ込んでいった。次の者は大包平を横に払われ、腹をすぱりと切られた。さらに別の近習が袈裟懸《けさが》けにやられ、どうと倒れていった。

大包平ほどの大刀と脇差では、あまりに戦う力がちがいすぎる。十対一くらいの力の差があるのではないか。

内蔵頭の目の前で、近臣たちがなすすべもなく殺されてゆく。

すでに七人が倒され、天守の最上階は血の海になっている。壁や戸板にも血がべったりと張りついている。

近習はもうあと二人しか残っていない。その二人も相次いで大包平の餌食《えじき》となった。

「殿さまがたった一人になったというのに、家臣は誰も駆けつけぬな。ほとんどの者が西川原にいるから、それは無理か。後園の火を消し止めに行った者も多かろう」

「むう」

内蔵頭はうなるしかない。すべて仕組まれていたのだ。

「――殿」

階段を上がってきた者があった。

「権兵衛っ」

「殿、どうかされましたか」

内蔵頭の声に切迫したものを感じたのか、権兵衛が階段から顔をのぞかせたようとした。

そこへ賊が躍りかかっていった。大包平を振り下ろす。

なんの音もしなかった。ゆで卵の殻のように顔を割られ、権兵衛が階段を転げ落ちていった。

ひらりと飛ぶようにして、賊が内蔵頭の前にやってきた。恐ろしいほど身のこなしが軽い。戦国の昔の忍びを思わせるが、もしやその手の者だろうか。

いまだに脇差を抜いていなかったことに、内蔵頭は気づいた。抜いたところで、どうにもなりそうにない。

どうすればいい。

膝の震えを感じつつ、内蔵頭は自問した。

どうすることもできそうになかった。

まさに絶体絶命の窮地である。

四

すでに休淡はいない。城に帰っていった。

口数も少なく、俊介たちが夕餉をとっていると、不意に半鐘の音が聞こえてきた。

「火事か」

つぶやいて俊介は顔を上げた。

「こんなときに火事なんて」

勝江がいまいましそうにいう。

「近いようだな。どれ、見てみよう」

箸を置いて立ち上がり、弥八は濡縁に立ったようだ。

「空が赤いな」

「方角は」

「後園のほうではないか」

「ここからだと、旭川の向こうか」

いいながら、俊介は胸騒ぎがした。

「弥八、城は見えるか」

「うむ、見える。天守の上のほうだけだが」

「城に、異変が起きている様子はないか」

「なにもないようだが」

「そうか」

「あっ」

「どうした」

「怪鳥だ。あの怪鳥が飛んでいる」

「怪鳥だと。岡山に着いたときに見たという大鳥か」

「まちがいなくそうだ。空は暗いが、俺にははっきりと見える。あっ、天守の陰に隠れてしまった」

「天守にだと」

大鳥がいま天守の近くを舞っているということか。なんのために、そんなことをしているのか。

ずっと胸騒ぎが続いていたのはこのためか。

いま天守の中に人がいるのだろうか。その者に怪鳥を見せるためか。

だが、それならば、もっと明るいときを選ぶだろう。こんな日没頃を選んで飛んだということは、やはり秘密にしておきたいにちがいない。

わざわざ天守のそばを飛ぶというのはどういうことなのか。

「弥八、いま怪鳥は見えるか」

「見えぬ。天守の陰に隠れたきりだ」

ならば、大鳥はもう飛んでおらぬということではないか。天守に降り立ったのではないか。俊介はそれしか考えられない。

殿さまというのは通常、本丸や二の丸などにある御殿で暮らしているもので、天守に足を運ぶことはそれほどない。

と俊介の頭を大包平のことがよぎる。大包平と二千両の取引が行われるのは、暮れ六つだと休淡はいっていた。まさに今が暮れ六つではないか。

もしその取引が天守から望める場所で行われるとしたら、内蔵頭は最上階に登り、その様子を確かめようとするのではあるまいか。

そうか、と俊介の頭にひらめくものがあった。取引というのは罠だ。

「弥八、俺を天守に連れていってくれ」

「わかった」

俊介の口調にただならぬものを感じたか、弥八がためらうことなく答えた。すぐさま俊介の手を引きはじめようとして、とどまる。

「負ぶったほうが早いな。俊介さん、背中に乗ってくれ」

「うむ」

手探りの必要はなかった。どこに弥八の背中があるか、目に見えたような気がしたのだ。

「良美どの、刀をくれるか」

「は、はい」

「俊介さん、刀が必要か」

「当たり前だ。目が見えずとも、俺は戦うぞ」

良美が刀を差しだしてきたのが知れた。俊介はつかみ、腰に差した。

「よし、俊介さん、しっかりつかまっていてくれ。猪《いのしし》のように走るからな」

「承知した。良美どの、勝江。参啓どのを頼む」

その言葉が終わらないうちに、弥八が走り出した。あっという間に屋敷の外に出たようで、俊介は生あたたかな風が吹いているのを感じた。

弥八は、城につながる通りを走りはじめたらしい。一気に速さが上がり、俊介は弥八の肩にしがみついた。

「大丈夫か、俊介さん」

前を向いたまま、弥八がきいてきた。

「このくらい、なんてことはない。任せてくれ」

「相変わらず強がりだな。もっと速くするぞ」

「ああ、存分にやってくれ」

いきなり俊介は後ろに引っ張られた。本当に弥八は速さを増している。これまでとは異なる激しい風音が耳元で鳴りはじめた。

いま、弥八はどのくらいの速さで走っているのか。猪どころか、まさに飛ぶがごとく駆けているにちがいない。

目が見えないのが、俊介は残念でならない。太平の忍びの末裔でこれなのだ。戦国のまっただ中の忍びというのは、どれほど凄かったものか。

だが、今はそのようなことを考えているときではない。とにかく一刻も早く天守に駆けつけなければならない。

「門が見えてきた」

足をゆるめることなく弥八がいった。

「東門だな」

「俊介さん、よくわかるな」

「そのくらい、頭に入っている。門は開いているか」

「いや、閉まっている」

「番士の姿は見えるか」

「見えん。もう着いたぞ」

弥八が立ち止まった。風音が途絶え、俊介は静寂の中にいる。

「今から門を開けてもらうのでは、間に合わぬかもしれぬ。弥八、門の両側に石垣があろう。それを越えられるか」

「やれんと思うか。俊介さん、つかまっていてくれ。——えいっ」

気合をかけると同時に、弥八の体がふわりと浮いた。俊介にはその動きが、はっきりとわかった。

がつ、と音がし、弥八の体が止まった。

「どうした」

「なに、今から石垣をよじ登るのさ。さすがに二人というのは重たいものだな。自分の思っているところより、だいぶ下に取りついてしまった」

そんなことをいいながら、弥八はぐいぐいと体を持ち上げてゆく。

「よし、塀の下まで来たぞ」

「塀には屋根がついているか」

「ああ。今からそいつを乗り越える」

いうが早いか、またもや弥八の体が空中に浮いた。直後、だん、という衝撃が俊介に伝わった。

「いま屋根の上か」

「そうだ。武者走りに降りるぞ」

かすかに風が鳴った。それを俊介が覚ったときには、先ほどのうなりのような風が耳元で渦巻きはじめた。すでに弥八は武者走りを駆けているのだ。

弥八の忍びとしての技は、すさまじいの一語に尽きる。弥八の背中にしがみつきながら、俊介はそんなことを思った。これだけの技を持っているのならば弥八は、戦国の昔の忍びにまったく引けを取らないのではないか。

「前に高い塀がある」

一町以上は走ったと思えたとき、弥八がいった。

「跳ぶぞ」

「承知した」

ぶうん、と音がし、弥八の体が宙を飛んだ。俊介には、まるで自分が空中を疾走しているかのような実感がある。

弥八が着地し、なにもなかったようにまた一気に突っ走りだした。

「また塀がある。その先に櫓だ。櫓に武者走りが突き当たって終わっている」

「それはおそらく本丸の櫓だ。弥八、櫓の横にも塀があるか」

「ああ、堀沿いに西へ向って伸びている」

「その塀を乗り越えられぬか」

「わかった、任せてくれ」

弥八が塀をふわりと越えた。

「いい景色だ。左側が深い堀になっている。あまり落ちたくはないな。よし、また塀を越えるぞ」

弥八の声音に緊張がみなぎる。だん、と弥八はなにかを蹴ったようだ。その力を利用して、思い切り飛んだのがわかった。がつ、なにかをつかんだ音が俊介の耳を打つ。少しだけ、弥八の体がずり下がった。

「ふう、危なかった」

いったときには、もう弥八の体は上に向かって動いている。

「どうした」

「石垣を危うくつかみ損ねた」

「今はどこだ」

「一段と高い塀を乗り越えようとしているところだ。本丸の塀だけにかなり高い石垣にのっているんだ」

また弥八の体が浮いた。自分たちが塀の屋根にいることを俊介は知った。弥八が屋根を蹴った。なにかに吸い込まれてゆくような感じを俊介は味わった。たん、とかすかな足音が聞こえた。かなり高いところから降りたはずなのに、ほとんど衝撃がなかった。

「よし、本丸に入ったぞ」

すでに弥八の足は天守に向かって走り出している。

「また石垣がある。こいつも高いぞ」

「天守や本丸御殿を守るためのものだな。最後の石垣だろう」

「俊介さん、行くぞ」

信じられないことに、弥八は一気に石垣を駆け上がったようだ。

「石垣を登ってしまえば、こちら側は大した高さではないな。なだらかな斜面になっている」

弥八は決して足を止めることがない。俊介を背負って走り続けているというのに、まったく息は荒くなっていない。

「中まで高く作ったら、守るときに大変だからな」

不意に弥八が立ち止まった。

「天守の真下に来たぞ」

「入口はわかるか」

「わかる」

「入ってくれ」

「承知した」

相当のときを費やしてここまで来た。果たして間に合うものか。

天守内に入った弥八が、急な階段を駆け上がってゆく。

「うっ」

途中、弥八がうめいた。

「どうした」

「死骸がある。頭を割られている」

さらに弥八は階段を上ってゆく。

「着いたぞ、最上階だ。――あっ」

「なんだ」

「死骸だらけだ」

そのことは最上階に上がる前から、俊介は予感していた。おびただしさを感じさせる血のにおいが、ひどく漂っていたからだ。

「内蔵頭さまっ」

俊介は声を上げた。

「俊介さん、誰かいるぞ。回廊だ」

俊介を背負ったまま、弥八はそちらに向かったようだ。

「なんだ、きさまら」

鋭い声がした。これは賊の声だろう。

「内蔵頭さまっ」

俊介はもう一度声を発した。

「おう、その声は俊介どのか」

内蔵頭が助かったという声を出した。

「ご無事ですか」

「なんとか生きている」

「弥八、下ろしてくれ」

弥八の背中を降りた俊介は刀をすらりと抜いた。

「なんだ、邪魔立てする気か。よし、おまえから始末してやる」

気配が突進してきた。

「俊介さんっ」

弥八が俊介の前に立つ。

「うおっ」

強烈な斬撃《ざんげき》を受けて、弥八がそれをなんとかかわしたようだ。

「死ねっ」

俊介に向かって刀が振り下ろされる。なんとも形容しがたい迫力が、その斬撃にはあった。いうならば、大岩が落ちてきたかのようなのだ。

大包平だ、と俊介は直感した。それだけの名刀を手にしていることで、相手はかなり大振りになっているようだ。刀頼りになっているのだ。気持ちはわからないでもない。天下の大名刀を手に戦うなど、剣術を志した者なら夢のようなことだからだ。

姿勢を低くして斬撃をかわした俊介は、えいっ、と刀を横に払った。ぴっ、とかすかに肌を斬り裂いた音がした。

「うっ」

賊がうめく。それを逃さず、弥八が襲いかかってゆくのがわかった。

「あっ」

また賊が声を上げた。新たな血のにおいがしはじめた。弥八が浅くない傷を賊に与えたのだ。

「くそう」

悔しげにいって、賊がきびすを返した気配が伝わってきた。

「逃がすか」

弥八が叫ぶ。

「弥八」

俊介は呼び止めた。

「内蔵頭さまを見てやってくれ」

「わかった」

足音高く弥八が内蔵頭に歩み寄ったようだ。

「大丈夫ですか」

「あ、ああ。助かった」

「お怪我は」

「どこにも。斬りかかられる寸前、俊介どののたちがやってきてくれた」

「死んだ人たちに感謝してください。その者たちの奮戦のおかげで、俺たちは間に合ったのですから」

「弥八、賊はどこに逃げた」

「この回廊から、壁を伝いながら下へと降りていった」

そうか、と俊介はいった。もう襲ってこぬだろうか。

そのとき俊介はいやなにおいを嗅いだ。

「うん、なにか焦げているようなにおいがするな」

「確かに」

回廊から弥八が下をのぞき見たようだ。

「炎が上がっているぞ」

「賊が火をつけたのだな」

「俊介さん、逃げよう。丸焼きにはなりたくない。俊介さん、負ぶされ」

「わかった」

刀を鞘におさめ、俊介は再び弥八の背中に乗った。

「内蔵頭さま、早く」

弥八が内蔵頭をうながす。

「あ、ああ」

煮えきらない返事だ。おそらく死んだ者たちをここに残して行くのが、忍びないのだろう。

だが、今は天守を降りる以外、道はない。

俊介たちは階段を使って下に降りた。天守の外に出る。

「ああ、なんだ」

「どうした」

弥八が拍子抜けしたような声を出した。

「もう火消しがはじまっている」

火に気づいた者たちが、わらわらと駆け集まり、すでに必死に火を消し止めようとしているのだそうだ。

「これなら、火が大きくなる前に消し止められよう」

それを聞いて、俊介は安堵の息を漏らした。

「殿」

そこに内蔵頭がいることに気づいて、家臣たちが寄ってきた。

この者たちは、と俊介は思った。天守の最上階でなにが起きたか、まだ知らないようだ。いつもと同じく、櫓や各番所などに詰めていたのだろう。

「怪鳥のからくりがあるぞ」

弥八が声を上げた。

むっ。

そのとき俊介は顔をしかめた。なにか邪悪な気が寄ってきているのを察した。また同じ撤《てつ》を踏むわけにはいかない。

「危ない」

俊介は内蔵頭に向かって怒鳴り、同時に刀を抜き放った。がきん、とすさまじい手応えが伝わってきた。刀が折れたのではないか、と俊介は思った。

まともに大包平を受けたのだ。

「なにやつ」

「きさまっ」

家臣たちが怒号する。

「その者を召し捕れ」

大声で内蔵頭が命ずる。だが、賊は池田家の家臣たちより明らかに強いようだ。大包平がきらりと光を帯びるたびに、死骸が一つできあがってゆくのが俊介にはわかった。

後ろからひそかに近づいた弥八が賊にまたも傷を与えたようだ。

る。

「き、きさま」

苦しげな声を発した賊が、怒りにまかせて弥八に斬りかかろうとしたのが知れ

そこに、えいっ、と家臣らしい者の声が響いた。肉が切り裂かれる音がした。

どうやら賊の背中を斬ったらしい。

「うおっ」

賊がまたうめくような声を出した。どうりゃあ。別の家臣の鋭い気合が轟《とどろ》く。

「ああ」

賊の声が力ないものに変わった。

「お、おのれ」

そこに家臣が殺到したようだ。肉が切られ、突かれる音が何度も聞こえてきた。

賊がもはや息をしていないのは、いわれずとも俊介は解した。

五

吉井旭之介は、総四郎による池田内蔵頭殺しがしくじりに終わったことを知っ

た。

大金が無駄になったが、そんなことはどうでもよい。まさか総四郎とあろう者がしくじるとは夢にも思わなかった。今でも信じられない気持ちで一杯だ。

旭之介は才助が本名で、もともと芦田屋《あしだや》という大店の次男だった。いずれ芦田屋に戻るつもりで他の店において修業している最中、芦田屋が池田内蔵頭によって潰されたのだ。

芦田屋の祖先は宇喜多家の家臣だった。それが宇喜多家の改易とともに侍をやめ、商人に転じたのだ。

呉服屋をはじめ、ものの見事に成功したのである。

商売の成功とともに、芦田屋はやがて池田家に食い込みはじめた。池田家に金を貸しはじめたのである。

池田家に多大な影響を及ぼし出した芦田屋は、才助の姉が殿さまの側室となるなど、着実に地歩をかためていった。

だが、あまりに芦田屋の影響を受けることが恐ろしくなった池田家の要人たちは、額を寄せ合った末、芦田屋を潰す決定を下したのだ。それで、莫大な借金も帳消しになる。

その頃、内蔵頭の正室が産んだ男子が三歳で病死するということがあった。その子を殺したのは、芦田屋の使嗾《しそう》である、という噂が立った。

ちょうどそのとき才助の姉の側室は妊娠していた。側室が産むはずの子を、池田家の家督につけるために謀殺したのだと。

むろん、濡衣《ぬれぎぬ》だった。側室が男子を産むかどうかもわからないのに、そんな大それた真似をするはずがなかった。

でっち上げの証拠により、芦田屋は潰されたのだ。

家産は没収され、兄は死罪となり、才助の姉は自害した。

――内蔵頭め、許さんぞ。必ずこのつけは払わせてやる。

怒りに震えてそうは思ったものの、自分でどうにかできることではない。冷静になった才助は殺《や》れそうな人物を金に飽かせて捜したのである。

芦田屋が潰される直前、才助はまとまった金を持ち出すことに成功していた。

この金が総四郎捜しに役に立った。

いろいろな者から話を聞き、総四郎なら内蔵頭を殺れると判断して、才助は仕事を依頼したのだ。

選びに選んだ総四郎が、まさかしくじるとは、いまだに信じられない。

だが、あきらめはしない。

いつか必ず、池田内蔵頭を死に追いやってやる。

才助の決意は揺らぐことはない。

総四郎がなにも語らずに死んでいったことで、自分に捕り手の目が向くことはまずあり得ない。

旅籠の徳島屋は芦田屋の一族である。今回の件に関し、あの者たちもなにもしゃべりはしないだろう。

必ず池田内蔵頭を、と才助は思った。地獄に突き落としてやる。

六

参啓が目を覚ましたと聞いて、俊介は部屋に駆けつけた。といっても、もちろん良美に手を引いてもらったのだ。

「参啓どの」

「おう、俊介さま」

穏やかな声が聞こえた。

「もう大丈夫なのか」

「休淡どのは大丈夫といってくれている」

「よかった」

俊介の目から涙がこぼれた。良美も泣いているようだ。

「本当によかった」

勝江は涙をぬぐっている様子だ。

「参啓さん、意外にしぶといな」

弥八が軽口を叩いた。ふふ、と参啓が笑った。

「わしはそれしか取り柄がないのでな」

「なんにしろ、くたばらずによかった。参啓さんに死なれたら、岡山の者が難儀するからな」

「弥八のいう通りだ。参啓どの、これからもこの町の者たちのために働けるということだ。よかったな」

「はい、まったくです。しかし、それも俊介さまたちのおかげですね」

「俺はなにもしておらぬぞ」

「弥八さんと二人してご活躍だったのは、休淡どのから聞きましたぞ」

「俺たちが内蔵頭さまの命を救ったのと、参啓どのが助かったことは、なんの関係もあるまい」

「いえ、いえ。俊介さまたちのご活躍が手前に力を与えてくれたのでございますよ。目が見えぬという境遇にありながら、見事に我が殿を救ってくださいました。手前は、それを夢で見ていたような気がいたします」

「そんな夢を見たのか」

「ええ、はっきりと。その夢が終わると同時に、手前は目を覚ましました」

「不思議なことがあるものだ」

「俊介さま、この世は不思議で満ちておりますよ」

にこやかに相好を崩す参啓の笑顔が、俊介の目には、はっきりと見えたような気がした。

命を救った謝礼として、俊介たちは内蔵頭からまとまった金をもらった。ありがたかった。参啓の治療代も、約束通り、内蔵頭が本当に払ってくれたのである。

おかげで、余裕を持って旅ができる。

「俊介さま、本当に旅立たれるのですか」

まだ床についたままの参啓がきく。

「うむ、参啓どののおかげで、俺の目はだいぶよくなった。完全には見えぬが、参啓どのの顔がぼんやりとわかるほどまでになった。俺たちにはあまりときがないのだ。完全に治してからのほうがいいのはわかっているが、この地にとどまっているわけにはもはやいかぬ」

「さようですか。でしたら、もうお引き止めはいたしません。どうか、お気をつけて旅を続けてくだされ」

「参啓どのが快癒するまでいたかったのだが、申し訳ないな」

「いいえ、とんでもない。いろいろお世話になりました」

「こちらこそ世話になった」

俊介は深々と頭を下げた。

俊介たちは岡山をあとにした。

今日も良美が手を引いてくれている。

「俊介さん、本当に中途で治療を切り上げてよかったのか」

弥八が心配そうにきいてくる。

「大丈夫だ。たっぷりと薬ももらったし。無理をしなければ平気だ」

「まあ、本人がそういうのなら、いいのだけどな」

岡山を離れて二里ばかり進んだとき、前途をさえぎる者があった。目が見えずとも、俊介にはそれがわかった。

「きさまは――」

弥八が鋭くいった。

「この前、参啓さんの屋敷に押し入ってきた者だな」

棒術の遣い手だろう。

「そうだ。真田俊介の命をもらいに来た」

「似鳥幹之丞の使嗾か」

「否定しても仕方あるまい。やつがここまで案内してくれた」

「ここでやり合うつもりか」

俊介は静かな口調でたずねた。

「ここは天下の大道だ。邪魔が入るやもしれぬ。真田俊介、こっちに来い」

棒を手にした男が体をひるがえしたようだ。うむ、とうなずき、俊介は男を追った。

「俊介さん、無茶だ」

「無茶ではない」

「ならば、俺が先にやる」

山陽道から二町ばかり外れた森の草原に、俊介たちは移った。

「俊介さんとやり合う前に、まず俺を倒せ」

弥八が叫ぶ。そんな弥八を見て、勝江がはらはらしているようだ。

「きさまでは俺を倒せぬ」

男が自信ありげにいい放つ。

「参啓の屋敷では不覚を取ったが、今度はああいうわけにはいかぬぞ」

脇差を手にした弥八が無言で躍りかかった。素早く後ろに下がった男が、さっと片手突きを繰り出した。

うおっ。逸っていた弥八はそれをよけきれなかった。うう、とうめいて腹を押さえ、そのまま横倒しになったのが知れた。

「弥八さん」

勝江の悲痛な声が俊介の耳に届く。

「案ずるな、殺してはおらぬ。俺は無駄な殺生はせぬ」

男の声が俊介の耳に届いた。

「私が行きます」

いきなり良美がいった。

「いや、俺がやる」

良美を制して俊介は前に出た。目が見えずとも、やられはせぬ。そういう確信が俊介にはあった。誠心誠意、治療をしてくれた参啓のためにも負けられない。ここで負けたら、参啓に助けられた意味がない。

「目が見えぬというのに、いい度胸だ。さすがに真田の若殿だけのことはある」

じり、と土をにじって男が近づいてきた。

「死ねっ」

まだ間合に入っていないはずなのに、いきなり突いてきた。

そのわけを俊介はすぐに知ることになった。突きと同時に槍の穂先のようなものが飛び出す仕掛けになっているのだ。

もし目が見えていたら、逆に俊介はやられていたかもしれない。目が見えないために、相手の気配や物音に細心の注意を払っていた。かすかに、かちり、という音がし、なにかが棒から飛び出してくるという直感がしたのだ。それで、必要以上に俊介は下がったのである。

わずかに腹に痛みを感じたが、大した傷ではないのははっきりしている。

俊介にかわされたのが意外だったのか、男の動揺が気の波として、俊介に伝わってきた。

「降参しろ。すれば、命は取らぬでおいてやる」

刀を構えた俊介は男に命じた。

「馬鹿をいうな」

棒を振りかざし、男が飛びかかってきたのが知れた。

頭上から叩きつけられる棒を、俊介は見えぬ目でじっと見ていた。

ぎりぎりでよけるや、姿勢を低くし、刀を胴に払った。

うぐ、と男が苦しげな声を漏らし、こちらを向こうとした。

「き、きさま、目が見えるのか」

「見えぬ」

「う、嘘をつけ」

どたり、と地面に倒れ込んだ音が響いた。

「俊介さま」

良美が駆け寄ってきた。

「死んだか」

「は、はい」

ふう、と俊介は吐息を漏らした。

「俊介さん」

勝江の介抱を受けて目を覚ました弥八が呆然とつぶやく。

「俊介さま、本当にお目が見えぬのですか」

俊介の戦いをずっと見守っていた良美も、信じられないようだ。

どこからも似鳥幹之丞はあらわれない。怖じ気づいたのか。


その後、俊介たちは旅を続けた。

江戸を出て、早二ヶ月たった。あとひと月で江戸に戻らなければならない。

毒を飼った者がまだわかっていないから、この先も油断はできない。

目は、じき見えるようになるだろう。

似鳥幹之丞もきっと討てるはずだ。

それにしても、と俊介は思った。おきみ、伝兵衛、仁八郎はどうしているのだろうか。自分のことに精一杯で思い出すことがなかった。そのことを俊介は恥じた。俺はまったく未熟者だ。

著作リスト

	作品名	出版社名	出版年月	判型	備考
1	『義元謀殺 上 下』	角川春樹事務所	〇〇年三月 〇一年九月	四六判ハードカバー ハルキ文庫	第一回 角川春樹小説賞 特別賞
2	『血の城』	角川春樹事務所 徳間書店	〇〇年十月 〇七年十月	四六判ハードカバー 徳間文庫	
3	『飢狼の剣』	角川春樹事務所	〇一年六月	ハルキ文庫	
4	『闇の剣』	角川春樹事務所	〇二年三月	ハルキ文庫	
5	『怨鬼の剣』	角川春樹事務所	〇二年十一月	ハルキ文庫	
6	『半九郎残影剣』	角川春樹事務所	〇三年四月	ハルキ文庫	
7	『半九郎疾風剣』	角川春樹事務所	〇三年九月	ハルキ文庫	
8	『手習重兵衛　闇討ち斬』	中央公論新社	〇三年十一月	中公文庫	

9	『水斬の剣』 『新兵衛捕物御用　水斬の剣』	角川春樹事務所 徳間書店	〇三年十二月 一一年六月	ハルキ文庫 徳間文庫	
10	『手習重兵衛　梵鐘《ぼんしょう》』	中央公論新社	〇四年一月	中公文庫	
11	『手習重兵衛　暁闇』	中央公論新社	〇四年三月	中公文庫	
12	『魔性の剣』	角川春樹事務所	〇四年四月	ハルキ文庫	
13	『夕霧の剣』 『新兵衛捕物御用　夕霧の剣』	角川春樹事務所 徳間書店	〇四年九月 一一年八月	ハルキ文庫 徳間文庫	
14	『手習重兵衛　刃舞《やいばまい》』	中央公論新社	〇四年九月	中公文庫	
15	『烈火の剣』	角川春樹事務所	〇四年十二月	ハルキ文庫	
16	『父子《おやこ》十手捕物日記』	徳間書店	〇四年十二月	徳間文庫	
17	『父子十手捕物日記　春風そよぐ』	徳間書店	〇五年一月	徳間文庫	
18	『父子十手捕物日記　一輪の花』	徳間書店	〇五年二月	徳間文庫	

19	『手習重兵衛　道中霧』	中央公論新社	〇五年三月	中公文庫	
20	『手習重兵衛　天狗変』	中央公論新社	〇五年四月	中公文庫	
21	『稲妻の剣』	角川春樹事務所	〇五年六月	ハルキ文庫	
22	『口入屋用心棒　逃げ水の坂』	双葉社	〇五年七月	双葉文庫	
23	『角右衛門の恋』	中央公論新社	〇五年九月	中公文庫	
24	『白閃《びゃくせん》の剣』 『新兵衛捕物御用　白閃の剣』	角川春樹事務所 徳間書店	〇五年九月 一一年十月	ハルキ文庫 徳間文庫	
25	『父子十手捕物日記　蒼《あお》い月』	徳間書店	〇五年九月	徳間文庫	
26	『口入屋用心棒　匂い袋の宵《よい》』	双葉社	〇五年十月	双葉文庫	
27	『無言殺剣　大名討ち』	中央公論新社	〇五年十一月	中公文庫	
28	『陽炎《かげろう》の剣』	角川春樹事務所	〇五年十二月	ハルキ文庫	

29	『口入屋用心棒　鹿威《ししおど》しの夢』	双葉社	○六年一月	双葉文庫	
30	『父子十手捕物日記　鳥かご』	徳間書店	○六年二月	徳間文庫	
31	『無言殺剣　火縄の寺』	中央公論新社	○六年三月	中公文庫	
32	『凶眼　徒目付久岡勘兵衛』	角川春樹事務所	○六年四月	ハルキ文庫	
33	『口入屋用心棒　夕焼けの甍』	双葉社	○六年五月	双葉文庫	
34	『父子十手捕物日記　お陀仏坂』	徳間書店	○六年六月	徳間文庫	
35	『無言殺剣　首代一万両』	中央公論新社	○六年六月	中公文庫	
36	『口入屋用心棒　春風の太刀』	双葉社	○六年八月	双葉文庫	
37	『無言殺剣　野盗薙ぎ』	中央公論新社	○六年九月	中公文庫	
38	『暁の剣』 『新兵衛捕物御用　暁の剣』	角川春樹事務所 徳間書店	○六年九月 一一年十二月	ハルキ文庫 徳間文庫	

39	『父子十手捕物日記　夜鳴き蝉』	徳間書店	〇六年十一月	徳間文庫	
40	『無言殺剣　妖気の山路』	中央公論新社	〇六年十一月	中公文庫	
41	『口入屋用心棒　仇討ちの朝』	双葉社	〇六年十一月	双葉文庫	
42	『定廻り殺し　徒目付久岡勘兵衛』	角川春樹事務所	〇七年一月	ハルキ文庫	
43	『父子十手捕物日記　結ぶ縁』	徳間書店	〇七年二月	徳間文庫	
44	『口入屋用心棒　野良犬の夏』	双葉社	〇七年三月	双葉文庫	
45	『無言殺剣　獣散る刻《とき》』	中央公論新社	〇七年四月	中公文庫	
46	『父子十手捕物日記　地獄の釜』	徳間書店	〇七年六月	徳間文庫	
47	『錯乱　徒目付久岡勘兵衛』	角川春樹事務所	〇七年六月	ハルキ文庫	
48	『口入屋用心棒　手向けの花』	双葉社	〇七年七月	双葉文庫	

49	『郷四郎無言殺剣　妖かしの蜘蛛』	中央公論新社	〇七年八月	中公文庫	
50	『遺恨　徒目付久岡勘兵衛』	角川春樹事務所	〇七年九月	ハルキ文庫	
51	『口入屋用心棒　赤富士の空』	双葉社	〇七年十一月	双葉文庫	
52	『父子十手捕物日記　なびく髪』	徳間書店	〇七年十二月	徳間文庫	
53	『宵待の月』	幻冬舎	〇七年十二月	幻冬舎文庫	
54	『郷四郎無言殺剣　百忍斬り』	中央公論新社	〇七年十二月	中公文庫	
55	『下っ引夏兵衛　闇の目』	講談社	〇八年一月	講談社文庫	
56	『口入屋用心棒　雨上りの宮』	双葉社	〇八年三月	双葉文庫	
57	『天狗面　徒目付久岡勘兵衛』	角川春樹事務所	〇八年三月	ハルキ文庫	
58	『父子十手捕物日記　情けの背中』	徳間書店	〇八年五月	徳間文庫	

59	『郷四郎無言殺剣　正倉院の闇』	中央公論新社	○八年五月	中公文庫	
60	『郷四郎無言殺剣　柳生一刀石』	中央公論新社	○八年七月	中公文庫	
61	『下っ引夏兵衛　関所破り』	講談社	○八年七月	講談社文庫	
62	『口入屋用心棒　旅立ちの橋』	双葉社	○八年八月	双葉文庫	
63	『相討ち　徒目付久岡勘兵衛』	角川春樹事務所	○八年九月	ハルキ文庫	
64	『父子十手捕物日記　町方燃ゆ』	徳間書店	○八年十月	徳間文庫	
65	『父子十手捕物日記　さまよう人』	徳間書店	○八年十一月	徳間文庫	
66	『口入屋用心棒　待伏せの渓』	双葉社	○九年二月	双葉文庫	
67	『口入屋用心棒　荒南風《あらはえ》の海』	双葉社	○九年五月	双葉文庫	
68	『下っ引夏兵衛　かどわかし』	講談社	○九年五月	講談社文庫	

69	『裏切りの姫　大脱走』	中央公論新社	〇九年六月 一二年六月	四六判ソフトカバー 中公文庫	
70	『父子十手捕物日記　門出の陽射し』	徳間書店	〇九年七月	徳間文庫	
71	『女剣士　徒目付久岡勘兵衛』	角川春樹事務所	〇九年七月	ハルキ文庫	
72	『口入屋用心棒　乳香児の瞳《め》』	双葉社	〇九年八月	双葉文庫	
73	『からくり五千両　徒目付久岡勘兵衛』	角川春樹事務所	〇九年九月	ハルキ文庫	
74	『湖上の舞』	朝日新聞出版	〇九年十月	朝日文庫	
75	『手習重兵衛　母恋い』	中央公論新社	〇九年十月	中公文庫	
76	『手習重兵衛　夕映え橋』	中央公論新社	〇九年十二月	中公文庫	
77	『父子十手捕物日記　浪人半九郎』	徳間書店	〇九年十二月	徳間文庫	
78	『口入屋用心棒　腕試しの辻』	双葉社	一〇年三月	双葉文庫	

79	『手習重兵衛　隠し子の宿』	中央公論新社	一〇年四月	中公文庫	
80	『闇の陣羽織』	祥伝社	一〇年四月	祥伝社文庫	
81	『父子十手捕物日記　息吹《いぶ》く魂』	徳間書店	一〇年五月	徳間文庫	
82	『忍び音』	幻冬舎	一〇年五月	四六判ソフトカバー	
83	『罪人の刃　徒目付久岡勘兵衛』	角川春樹事務所	一〇年六月	ハルキ文庫	
84	『手習重兵衛　道連れの文』	中央公論新社	一〇年七月	中公文庫	
85	『にわか雨』	徳間書店	一〇年八月・一二年六月	四六判ソフトカバー 徳間文庫	
86	『口入屋用心棒　裏鬼門の変』	双葉社	一〇年八月	双葉文庫	
87	『口入屋用心棒　火走りの城』	双葉社	一〇年九月	双葉文庫	
88	『徒目付失踪　徒目付久岡勘兵衛』	角川春樹事務所	一〇年十月	ハルキ文庫	

89	『父子十手捕物日記　ふたり道』	徳間書店	一〇年十一月	徳間文庫	
90	『父子十手捕物日記　夫婦笑み』	徳間書店	一〇年十二月	徳間文庫	
91	『口入屋用心棒　平蜘蛛の剣』	双葉社	一一年二月	双葉文庫	
92	『口入屋用心棒　毒飼いの罠』	双葉社	一一年五月	双葉文庫	
93	『手習重兵衛　黒い薬売り』	中央公論新社	一一年六月	中公文庫	
94	『大江戸やっちゃ場伝1　大地』	幻冬舎	一一年八月	幻冬舎文庫	
95	『惚れられ官兵衛謎斬り帖　野望と忍びと刀』	祥伝社	一一年九月	祥伝社文庫	
96	『口入屋用心棒　跡継ぎの胤』	双葉社	一一年九月	双葉文庫	
97	『手習重兵衛　祝い酒』	中央公論新社	一一年十月	中公文庫	
98	『口入屋用心棒　闇隠れの刃』	双葉社	一一年十二月	双葉文庫	

99	『大江戸やっちゃ場伝2 胸突き坂』	幻冬舎	一二年二月	幻冬舎文庫	
100	『若殿八方破れ』	徳間書店	一二年二月	徳間文庫	
101	『若殿八方破れ 木曽の神隠し』	徳間書店	一二年三月	徳間文庫	
102	『口入屋用心棒 包丁人の首』	双葉社	一二年四月	双葉文庫	
103	『若殿八方破れ 姫路の恨み木綿』	徳間書店	一二年七月	徳間文庫	
104	『口入屋用心棒 身過ぎの錐』	双葉社	一二年七月	双葉文庫	
105	『裏江戸探索帖 悪銭』	角川春樹事務所	一二年八月	ハルキ文庫	
106	『若殿八方破れ 安芸の夫婦貝』	徳間書店	一二年九月	徳間文庫	
107	『口入屋用心棒 緋木瓜の仇』	双葉社	一二年十一月	双葉文庫	
108	『若殿八方破れ 久留米の恋絣』	徳間書店	一二年十二月	徳間文庫	

109	『口入屋用心棒　守り刀の声』	双葉社	一三年二月	双葉文庫
110	『若殿八方破れ　萩の逃れ路』	徳間書店	一三年四月	徳間文庫
111	『陽炎時雨　幻の剣　歯のない男』	中央公論新社	一三年六月	中公文庫
112	『口入屋用心棒　兜割りの影』	双葉社	一三年七月	双葉文庫
113	『若殿八方破れ　岡山の闇烏』	徳間書店	一三年九月	徳間文庫

この作品は徳間文庫のために書下されました。

徳間文庫

若殿八方破れ

岡《おか》山《やま》の闇《やみ》烏《がらす》

2013年9月15日 初刷

著者 鈴《すず》木《き》英《えい》治《じ》

発行者 岩渕徹

発行所 東京都港区芝大門二―二―一 〒105―8055 株式会社徳間書店

電話 編集〇三(五四〇三)四三四九 販売〇四八(四五一)五九六〇

振替 〇〇一四〇―〇―四四三九二

印刷 製本 図書印刷株式会社

ISBN978-4-19-893728-7 (乱丁、落丁本はお取りかえいたします)